即使没有月亮 心中也是一片皎洁

颜婧 著

新世界出版社
NEW WORLD PRESS

图书在版编目（CIP）数据

即使没有月亮，心中也是一片皎洁 / 颜婧著 . — 北京：新世界出版社，2014.2
ISBN 978-7-5104-4926-0

Ⅰ. ①即… Ⅱ . ①颜… Ⅲ . ①散文集 – 中国 – 当代 Ⅳ . ① I267

中国版本图书馆 CIP 数据核字 (2014) 第 025146 号

即使没有月亮，心中也是一片皎洁

作　　者：颜　婧
责任编辑：张铁成
责任印制：李一鸣　黄厚清
封面设计：李卓诗
出版发行：新世界出版社
社　　址：北京西城区百万庄大街 24 号（100037）
总 编 室：（010）6899 5424（010）6832 6679（传真）
发 行 部：（010）6899 5968（010）6899 8733（传真）
http://www.nwp.com.cn
http://www.nwp.cn
版权部电话：+8610 6899 6306frank@nwp.com.cn
印　　刷：北京毅峰迅捷印刷有限公司
经　　销：新华书店
开　　本：880×1230　1/32
字　　数：160 千字　印张：6
版　　次：2014 年 4 月第 1 版 2014 年 4 月第 1 次印刷
书　　号：ISBN 978-7-5104-4926-0
定　　价：32.00 元

序

暗香为谁浮动

郭翠华

这是一个无法沉淀的季节，只有炎炎的夏季，只有酷酷的热浪，打开这本书，我的心出奇地静了下来，我惊诧这文字的安静，和这安静背后的女人。这文字背后的女人仿佛就站在我面前。

她是懂得的，她懂得在场。浓浓的生活气息是她对生活浓浓的爱，而这些文字谁说不是她低下头拾取的花朵呢。因为欢喜，当读书、写作，成为她的一种生活方式，她与这世界已经做了一种选择。她去过的那些地方，她读过的那些书，她结交过的那些朋友，还有发生在她身边的那些事，都落在了她的文字里，她知道写作者的担当，文字不是简单的过场，她会用心去过滤，去思考，于是，她笔下的那些人那些事那些地方就会呈现出不一般的意义。画家说，画山不是山，画水不是水，这本集子就是。

她是懂得的，她懂得诗意。没有离奇的经历，没有闲言碎语，也不掉书袋，不诡异，不撩人，不煽情，不聒噪，去掉了生活的繁芜和渣滓，这样的文字才会灵动，就像一条不急不躁的溪流慢慢地淌过来，沿途的风景也恰到好处地一揽入怀，像一个卸尽了铅华的女人，干净透亮，分寸把握得正好，用心滋养的文字便有了不肆张扬的魅力。

她的文字会营造意境，去过的地方该落笔的就会生花，想写的那些人落在笔间会溢满爱的旨意。当她用不同的花来比喻她的那些女朋友时，她不知道她自已的文字其实也溢满了清香，读她的文字是一种享受，淡雅、清爽，诗意的表达，是她文字的格调。

她的文字是有修养的，我想这与她个人的修养是分不开的。修养是一种内敛，也是一种心灵的磨炼，上善若水，是需要舍弃的，不舍哪能得呢？一个自觉脱离红尘的女人，喜欢读书，喜欢写作，喜欢瑜伽，喜欢喝茶，喜欢自然，唯心灵至上的女人，久而久之，就会生发出一种情调和一种气质来，正如她的文字看似自然流畅，正是她写作水到渠成的结果。

写到这里，我忽然想说她是一个懂得分寸的女人，她和现实保持着适度的距离，正如她与被写的事物保持的距离。当然，距离不是疏离，是尊重，对待生活中的任何人和事，我们都只能是如此，这是人的修养，文字更是如此，文字更离不开修为，文字给读者留出的空间就是一种距离美。

这本散文集也不乏哲思，其实就是作者精神世界的证明。

这本散文集同时又充满了期盼：

在我的梦里，有一间小屋，屋外，常年竹影婆娑，流水淙淙。我的小屋是一间小木屋，身上爬满了我某个春日亲手植下的绿萝……你会闻到我的小木屋充满了纯粹大自然的芳香……这时，我和我的小木屋腾空而起，带着梦幻，飞向那遥远而神秘的天际……

——《梦中的小屋》

总之，这本散文集子向我们展示的并不是从前，她告诉我们的是她喜欢的从前，她向我们展示的都是今天，她告诉我们那爬满了虱子的华丽的袍不是我们要的今天，站在今天的对面，她有她的视野，她有她的见解，她有她的追求，她有她的高度，她就像一树丁香，散发着暗暗的香，悠远，寂寥，孤清。

合上这本散文集，夜已深眠，恍惚间，自己走入一间被绿萝缠绕的小木屋，一个女人一袭青衣盘坐在月光下，我想这正是她，她在冥想。今生前世，她是为文学而生的女人。

我庆幸没有错过这本暗香盈袖的书和写下这些文字的女人。

郭翠华，中国作家协会会员，安徽马鞍山作家协会主席，著名散文家。

时光洒落的麦穗

——读颜婧《即使没有月亮，心中也是一片皎洁》

唐晓虹

行走世间，我感觉在熙熙攘攘的人群里，总会遇见与自己相似，喜好用文字记录生活命运、表达思想情感的朋友；总会透过朋友那些平实的、灵动的、唯美的、理性的，甚至从无法归类的文字叙述风格，看到由时光之神洒落的麦穗——那是生活的点点滴滴，命运的曲曲折折，思想的重重叠叠，情感的坎坎坷坷……一片由人类灵魂光芒铺就的金黄！

与颜婧相遇，阅读她发来的电子版散文集《即使没有月亮，心中也是一片皎洁》，我恍若倒置一片金黄的原野，从作者笔下的“旅程跋涉、书籍潜读、心境体悟、亲情回味”等，感受到在纷繁多变的当代社会中，作为女性、作为教师的颜婧是以怎样的行为样式、精神状态去生存、去认知、去思考，去采撷时光之神洒落的、真正属于自己的麦穗。

就颜婧来说，她一直敏感而又敏锐地行走在生活丰富与情感丰沛的世界里。日月云天，花树山川，亲友路遇，文色艺彩，但凡进入其眼帘、触动其心弦的事与物，都会用文字来记写，将最初的感受进行排列、搓揉，并从中提炼自己对生活、对命运、对思想、对情感的再度理解与思考，从而往内心的炉膛添置更多的蕴藏热情、豁达、慈善、感恩和智慧能量的柴火，成为了一个与文学同存在的人！

怎样看来，颜婧都是幸运的！岁月蹉跎，路途艰难，她却欢乐地行走着、飞奔着，巧妙地采撷时光之神洒落的缕缕麦穗：笼罩在春之气息里那如诗的立园，尽染在秋之光景中那如歌的三峡，还有岳麓、九寨、绍兴以及欧洲大陆的巴黎、威尼斯、瑞士等千变万化的风光景致，都是她俯仰、拥抱得来的收获！同时，她建筑一座思想与文学的城堡，垒起书籍与影视的高台，邀约张爱玲、严歌苓等文学大家，甚至身边文学挚友，推开通往由文字构建的难易攀登的心域大门：一扇又一扇……

《即使没有月亮，心中也是一片皎洁》，颜婧把自己采撷的时光麦穗如获珍宝地聚拢在这本集子里："人生有涯。步履所至，很多时候是在告诉自己，那是一种阅读。"(《立园如诗》) 她每每留心地行走，在经历中阅读人生，以文学创作来表达人生，才能时不时地流露出这样的文字来："我知道，借着黑暗，无须强装微笑，无须粉饰我淡淡的幸福。感伤中的我，比较生命固有的厚重，似乎越来越些微，越来越渺小……但，即便是在悲秋伤春的季节，希望，以及所有和希望有关的东西，却依然如梦似幻，顽固地点缀着我的生命。"(《三峡秋声》) 她没有避讳黑暗与伤感，执着地期待希望与美好！

这些带有独特思想与情感的文字表达，在此散文集中随处可见，亦是作者本人所遵从的"在场、灵性、哲思"散文创作理念的具体实践。

"在场"，将自我放置于事物发生、进行的场所，以文字呈现真实感。这有别于欧美主体的旁观，仿佛路人加入游行和集会中，或者如同参与戏剧的编导或演出。

"灵性"，将自我引发基于独特人格的悟性，突出文字的灵动美。这超越欧美小孩子的感性、科学家的知性、哲学家的理性，渗入东方式（主要是中国和印度）修炼的灵性。

"哲思"，是自我努力跳出荀子说的坎井或柏拉图说的洞穴，感知更广阔的天地，思想能如千钧神针似的沉入深海。

颜婧试图这样认识和实践："去书店的一角，去图书馆的一隅，甚至去街角的一个旧书摊上，在那里，总有那样一本书在静静等着与你命定的邂逅……看不到关于它的任何一条书评，你可能只是它的第一个读者，甚至是唯一的读者。它在那里寂寥地站了十年百年了，犹如伊人独立风尘……它被装订出来那天就深深知晓：上天定会为它安排一个知音跟它约会……我就是那个人，我一次次去找这样的书，书的灵魂也似在等着和我对话，无数本这样寂寞的书丰富充实着我。”（《静心素读》）这段对邂逅书籍过程的记写，便应合了散文写作“在场、灵性与哲思”的趋向，如同流水的文字读来，自自然然地淌进了我的心灵之河……

读书如同赴千年心灵之约的一场游历或一次演出，撰文能把修养出的品性融入其中促人亲睦，个人通过学习提升自我跳出成见的坎井或愚见的洞穴。文学从来就不是对生活或者人生的一种承诺，而是一种对生命意义的孜孜不倦的寻求。这样，在场的真实，灵性的美感，哲思的理性，像是不经意地映照到了颜婧的散文创作之中，使得她作品中描写的故事、景致、人物与感悟巧妙融合，读来有如品味人生。

时光在前方，麦穗也在前方，要采撷的最大麦穗在哪儿？感性地匆忙伸手，留下粗心和急躁而失之交臂的遗憾。思虑太多错失也多，留下疑心和贪心而懊恼不迭的叹息。比如，苏格拉底最智慧的弟子，懂得理性地把麦田划分为三：在一田比较，在二田验证，在三田采撷。

阅读《即使没有月亮，心中也是一片皎洁》各个篇章，各种感受令我重新审视自己的内心，生发新的期望：祝福颜婧在未来的写作中，更加重内心观照，聚语言张力，滋养感性，升华理性和灵性，让时光之神洒落的颗粒饱满的大麦穗不间断地由她采撷得到。

2013 年 7 月 31 日晚写于慕湖居

唐晓虹，中国作家协会会员，中国诗歌学会会员。珠海市作家协会副主席。

目　录

第二辑 悠 游

第三辑 采 荇

即使没有月亮，心中也是一片皎洁

第一辑

空　城

静看云起
功不唐捐
赴一场属于自己的盛宴

美人何处

一

“芳雪落天际，伶人歌楚凄，自古红颜多哭泣，泪落洗菩提……”

第一次听到《伶人歌》，便被一种触动心灵之音所震慑，所掳获，且随之一次次甘愿沉醉其中。

最初惊艳于它的曲风，古筝加低吟，韵味凄美而悠长。闻之，即生“三月不知肉味”之感。

而后，将《伶人歌》毫不犹豫地携进手机，一遍遍听得多了，也反反复复从这首曲子中去感受那种可以穿越时光的古韵古风。渐渐悟出，其婉约凄迷、饱含深情的歌词，明快跌宕、刚柔并济的古筝音色，起伏婉转、绵延不断的旋律，堪称今人演绎的古乐经典。而此曲一经由有小邓丽君之称的歌手童丽演唱，那种独有的婉约柔美的嗓音，将此歌曲演绎得“尽美矣，又尽善也”。

毋庸置疑，《伶人歌》的成功主要在于其基调静美，静中有动。此呼彼应的曲调，鲜明生动的歌词和别具一格的唱腔，最终合成了一首让人心动心醉的音乐作品。

再后来，每每再听此歌，伴随古筝的悠远旋律，便自然地忆起儿时看过的电影《知音》，想起小凤仙和蔡锷的故事。当然，童年的我是看不懂他们的，那时，对我，更多的兴奋和好奇，只来自电影画面上的人物形象和背景色彩，而对音乐何曾有过感悟？

岁月又相逢，似曾相识的旋律再次响起，我慨然有悟：

35岁的蔡锷因喉疾英年早逝，正在一叶小舟上抚琴的小凤仙骤然泪流满面，是啊，真爱是有感应的，哪怕阻隔着千山万水。骤然，瑶琴弦断音绝，她便知道，那个承诺接她回家的男人再也不会来了，以后的岁月，知音难觅……

如果说，在20世纪的兵荒马乱中，有几对患难夫妻是值得我们永远记住的，比如孙中山和宋庆龄，比如廖仲恺和何香凝，而蔡锷与小凤仙，虽无俗世间的名分，但他们的爱情却超越时空，永存于天地之间。

或许有人会说小凤仙的身份无法与前面二者相提并论，但于爱情，人们所要赞美的，应该是那种对情感追求之矢志不移的精神，于此，蔡锷与小凤仙堪为尘世里的楷模。对于爱情，我相信，没有几个人还在看重身份之高低贵贱，只要是人，只要是一个对感情执着的人，纵算她或他的身份再卑微，也是值得我们永远铭记的。甚至，像小凤仙一样的女子固然沦落风尘，但其对心上人的爱恋之情，坚定而执着，写下了一段人间美谈，这当然也是值得载入爱情史册的。

所以，当我想起那些为了爱情而默默付出的女人时，我就会情不自禁地想起小凤仙。她的存在，一曲高山流水，也或许是一种巧合。但不管这是怎样的巧合，既然她与蔡锷能够在滚滚红尘中相逢，并为蔡锷而坚守着自己的感情，那她就是一个值得让人肃然起敬的女子。

也许有人早已习惯把她归入风尘女子当中。从小孤苦伶仃的小凤仙身不由己地落入风尘，她也绝不仅仅是飘零于风尘的青楼女子，充其量，她只是战乱的年代里苦苦挣扎却无法脱身的一个弱女子而已。

思考着一个人就像翻阅一本书，“小凤仙”告诉人们的是，要学会关注自己的内心世界。而在物欲横流的俗世，是否随意出卖自己最珍视的爱情，能否坚守自己内心深处的干净，小凤仙的故事，或许给了我们一些有益的启示。

我一次次想象着，小凤仙在蔡锷将军离开后，抚琴弹唱《伶人歌》：

英雄划剑依
歌去人影稀
谁知明日是分离
台上望珍惜

有时候，我又转念一想，小凤仙，她的一生犹如一朵洁白芬芳的白莲，开放得执着而热烈，她其实是幸福的！那种幸福是那么的纯粹、阳光，就像她本质的纯净，像她那出淤泥而不染的荷花本色。当然小凤仙也是有幸的，有些人的价值是需要他人衬托的，小凤仙即是，她的价值基础，也便存在于蔡锷那里。我想说的是，她终究是个没有白活的女子。

也正因为小凤仙，我擅自给《伶人歌》改了歌名，犹记得《红楼梦》里唱戏的伶人就叫芳官，而雪，洁白晶莹，恰喻内心高洁的伶人。此歌开腔即："芳雪落天际……"也许《芳雪》或者《红颜泪》更契合这首歌的神韵吧？

而今，美人何处？民国的硝烟里，小凤仙和蔡锷的相知相惜是一段最挚情的爱情传奇。

二

我喜欢所有聪慧而又磊落的女子。这其中，首推班婕妤。

我常暗自揣想：班婕妤是擅长下棋的，她的一言一行深谙棋道。棋者，厮杀也。她自幼生长在和睦温煦的殷实官宦之家，她从骨子里厌恶战争的硝烟和残酷，在宫廷这场被动的棋局中，她从不奢求赢棋，她固守的是和棋人生。

关于班婕妤，流传着这样一个耳熟能详的故事：

春光明媚的日子，汉成帝在后庭游玩，邀青春貌美的班婕妤同乘御车。这换了别的嫔妃早就喜不自禁了，但意外的是班婕妤以理制情，断然婉言谢绝。接下来，她说了一句流传千古的话"观古图画，贤圣之君皆有名臣在侧，三代末主乃有嬖女，今欲同辇，得无近似之乎？"汉成帝虽然表面上一笑了之，点头称是。但作为一位血气方刚、大权在握的君王遭到心仪的女人拒绝，已经是心灰意冷。皇帝的身边从来不缺投怀送抱的女人。在后宫的棋局上，无疑，班婕妤走了最失败的棋着。哪怕太后一语“古有樊姬，今有班婕妤”，把她作为典型，树立为后宫榜样，但作为女人，她已经彻头彻尾地失败了。

赵飞燕姐妹，能挑逗起汉成帝热情的女人接踵而来。班婕妤，这个曾经凭借天生丽质、饱读诗书打动过汉成帝的宠妃完全被冷落了。在一次赵氏姐妹和许皇后的对垒中，班婕妤无辜地几乎成了牺牲品。自此，班婕妤选择了甘愿在东宫皇太后身边日日侍奉，自请托付在长信宫宫女的末排。与宫女一道天天洒扫太后的寝室，她选择退避三舍、远离后宫是非，对自己的感情生活和宫廷地位自动弃权。那时她仅仅年方三十，原本三十而丽的年龄，她却完全灰暗下去。可她的那首不尚奇巧、平直感人的《团扇歌》，却难掩她的些许心思和哀怨：

新制齐纨素，皎洁如霜雪。
裁作合欢扇，团圆似明月。
出入君怀袖，动摇微风发。
常恐秋节至，凉意夺炎热。
弃捐箧笥中，恩情中道绝。

无疑，在她的情感里，还是深深爱着汉成帝的，就像天下最普通的妻子爱着自己的结发丈夫。30 岁的女人，自此没有男人的滋润，该是何等的寂寥和孤苦？然而，对于一个只求和棋的宫廷女子，又未尝不是最为明智的一步棋？毕竟她保全了自己的性命，更保住了自己心中的那份感情和尊严。

时间又退后了 11 年，班婕妤唯一爱着的那个男人也死了。后宫那些点燃过汉成帝的娇俏女子依然在宫廷里醉生梦死、夜夜笙歌。只有班婕妤自愿到成帝陵寝为其守墓，以终了一生。这一回，再没有任何女子和她争抢了，她在青灯古佛旁，安心地守着独属于她的男人，只是这个男人和他生前一样，依然无知无觉这份挚爱。

也提及，作为嫔妃的班婕妤以其一篇《自悼赋》为其赢得了中国文学史上的一席之地。文中是一个有着特殊身份、特殊经历的才女所抒发的特殊的感情。以下《自悼赋》系来自今人的译文：

“我承奉先祖和父辈的美德啊，始终保持着高尚的品德修养。承蒙圣皇的厚恩啊，沐浴了日月灿烂的昌盛修明。得到的待遇已是非分之想，这就是我一生最快乐的时期。只希望把我的尸骨埋葬在山脚下，让我的坟墓依傍在苍翠的松柏下。俯视殿前红色的台阶，思念着皇上留下的脚印。仰望这般冷寂的宫室，忍不住两眼泪如泉涌。看看左右两边一张张和悦的面孔，也只好举起精美的酒杯借酒消愁。人生一世啊，就像飘浮的云烟匆匆而过。我已经独享了人间的高贵和灿烂，自我勉励着理应知足认命，纵情欢乐和荣华富贵哪有止境？”

自悼，自悼，自我哀悼人生之须臾，固守之情操。知足认命，这就是班婕妤的和棋人生吧！

其实，我更愿意把班婕妤看作一株蕙。这株蕙兰，如果落在寻常书香之家，就是天赐良缘，必有“雨过琴书润，风来翰墨香”的风雅情趣和琴瑟和谐。可是，命运却偏偏让她误入帝王之家。这才是悲剧的根源。

叹一声，美人何处？耳畔又隐约飘来童丽的千年传唱：

唱一曲别离

谁在君怀里

昨日相依
今夜又相离
歌伶笑泪滴
一出悲戏终离
佳人老矣
唯戏幕里英雄美人在交替
笑谈千年悲凄……

闲话文如其人

国庆、中秋双节赋闲在家，索性一头扎进书本里，让尘世中枯竭已久的心灵得到丝丝慰藉。恰朋友来玩，惊呼："原来你是冰心、萧红、张爱玲迷呀！"朋友一语，让我也不禁哑然失笑。可不是，原来一直依偎床头的书，竟然全是她们三人的文集。

冰心、萧红、张爱玲都是民国时期才华横溢的著名女作家。冰心出生于 1900 年，稍年长。冰心 11 岁时，萧红出生，再过 9 年，张爱玲出世。她们几乎都生活在同样的时代背景下，皆是既擅小说，又工散文的名家。冰心还称三栖作家，她的诗歌温婉清丽，颇有泰戈尔的风范。如论小说，毫无疑问张爱玲的才气、成就和影响或高出另两位。但三位女作家的散文一路读下来，却不由替张爱玲有几分扼腕叹息，较之冰心、萧红的散文，她的散文却稍有逊色。

常说"文如其人"，广义的"文"当然是包罗万象的。无疑，小说、诗歌、散文、杂文等，都属于“文”的范畴，但我通常理解的“文”即指狭义上的散文。比方说，在小说里，作者本人完全可以隐匿，心灵可以逃遁，因为小说通常表现的是对社会的审视，对人生百态的观察，对人性入木三分的剖析。而唯有散文表达的是作者对世界的自我审视，即使三缄其口，绝对不谈自我，远离自己对生活之坦陈的剖析，但在对花鸟虫鱼、一草一木的咏叹中，在对音乐、舞蹈、绘画等的赏析里，作者的灵魂、思想、性情、气质等，仍然会在谈书论画和说三道四里，不经意地流露出来。

张爱玲是罕见的才女，说她的散文逊色，并不是说她没有才气，恰恰相反，她的才气在散文里也是挥洒自如，功力更是老到娴熟，惊人的奇妙思维，苦心雕琢的妙笔常让人惊叹。

那么是选材、风格上的问题吗？好像也不是，从张爱玲散文的布局谋篇上看，绝对潇洒漂亮，然而闪烁其间的那个张扬的自我，那种基本上没有超越四十年代旧上海的市井情怀，因其狭隘，因其单薄，因其庸常，而使你掩卷叹息：一流手笔，二流散文也。

张爱玲本人也在文章里这样描述过自己：“我平常看人，很容易把人家看扁了，扁的小纸人，放在书里比较便利。”也借姑姑的口，张爱玲说自己：“不知道你从哪里来的这一身俗骨！”

张爱玲的散文涉猎不可谓不广，她谈女人、谈姑姑、谈上海人的公寓生活，谈中国人的宗教，当然更多的是在谈写作、谈音乐、谈舞蹈、谈绘画、谈诗歌、谈自己……但读来，犹如置身热闹喧嚣、五光十色的大上海的夜市，既不是教堂里纯净圣洁的唱诗班，更不是音乐大厅里荡气回肠的交响乐，不过是旧上海那个时代的舞厅里特有的低迷回旋的舞曲，缺一份冰心的圣洁和天然，少一份萧红的厚重与深沉。毋庸置疑，张爱玲的确是一位擅写旧中国租界生活的高手。有人说，所谓张爱玲世界就是充满了荒凉、黑暗、绝望、没有光的死的世界。这倒是恰如其分。

萧红被誉为“20世纪30年代的文学洛神”。她短暂的一生，是在苦难中挣扎，和黑暗抗争的一生。她身逢国难，颠沛流离，她的生活处在极端苦难困顿之中，即使有听似浪漫的感情经历，其实也是举步维艰。许是坎坷的经历让萧红的散文在女性觉悟的基础上，又更多了一层对人性和社会的深刻解读。

鲁迅曾为萧红的小说《生死场》作序说：“北方人民对于生的坚强，对于死的挣扎，却往往力透纸背，女性作者细致的观察和越轨的笔致，又增加了不少明丽和新鲜。”鲁迅所言，不妨看作是对萧红艺术风格的总体评价。

萧红的身世比之张爱玲或更不幸，虽然张爱玲从小就被娶了姨太太的父亲赶出了家门，但还不至于在尘世里飘零，而萧红则长期寄人篱下、生活无着。也因此，萧红的散文反映了贫困多艰的女性之人生经历，以及被痛苦和不平所笼罩的世道。同时，也从萧红的文字中读出了因长期郁结而成的心理压迫感，当然，也听到了从萧红心灵深处爆发出的一次次情绪上的呐喊和倾诉。

萧红的《呼兰河传》，我从不当小说读，那其实就是作者的自传，我总是把它视作散文。《呼兰河传》以温馨浪漫的语调，童稚化的天真视角，描述了萧红故乡呼兰河城充满诗情画意的风土人情。但你能想象这是一个漂泊异乡、身患重病的人，在人世间弥留之际所发出的心灵上的呼唤吗？萧红对童年生活的回忆，确实是想唤回一缕温情，而且更多的是想获得精神上的希冀与慰藉，但萧红终究是失意的！

苦难的遭遇，超卓的才华，让萧红用肆意之情，写出了人生的黑暗和荒寒。读萧红的《饿》，不忍卒读。萧红当时和爱人萧军同住在商市街里面的一间小屋里，他们常常无钱吃饭，萧红在家里研究“拿什么来喂肚子”。一直在“引诱”她的他人门前的“列巴圈”和牛奶早已消失，想做小偷都不行，该怎么办呢？她于是想到：“桌子可以吃吗？草褥子可以吃吗？……”这是一介草民、良知文人只是为了活着的泣血呐喊。萧红以她单薄瘦削之身，扛起了家破人亡、流离失所的一代人的苦难，成为了一个时代的见证者，甚至可谓萧红文字的灵魂中承载了那一个时代的良心。

富有情致与哲理原是冰心散文的特点。读冰心的散文，犹如沉浸在宁静祥和的瑜伽境界，又恍若在教堂里听唱诗班的轻轻吟唱，心灵在不知不觉间就会为之净化。在冰心的笔端，流泻的是真善美，是人间的挚情挚爱，跃然纸上的是典雅、圣洁、广博。读冰心的散文，你可以听到自己内心最古老最真切，也是绵延不绝的心声，那声音里充满了对真的执着，对善的追求，对爱的向往。

读冰心的文字久了，再读别的文字会觉世俗、深奥，所以她的散文最适合纤尘不染的儿童，和在尘世里永远保持着一颗孩子般纯净童心的大人。后来自己也为人妻为人母，也有了关于人生多艰的体验而企图急于找来纸笔倾吐时，才恍然惊觉冰心一生，虽历经战乱，颠沛流离，饱经沧桑，但她笔下却几乎不涉及丑陋邪恶，她的语言没有因人情世故而变得辛辣犀利。

在冰心长达七十年的创作中，她展现给我们的始终是她对于母亲、父亲、兄弟姊妹强烈的眷恋、感恩与关爱，始终是对于一代又一代小读者的关切与期望。在动荡的社会环境里，她的文字一如既往的幽婉清丽，晶莹剔透，她始终对人生充满了爱和悲悯。这与她生长的家庭环境是分不开的，她有值得眷恋的慈母，有循循善诱的睿智的父亲，有相亲相爱的兄弟姐妹，有懂她疼她的夫君。冰心是在爱河里浸润的，所以表现在她的文字里的常常是绵延不绝的爱意。

虽然冰心以其近乎清纯的思想，难以描摹充盈着七情六欲的滚滚红尘和弥漫着喧嚣的百态人生，但是，人世间的真善美在冰心的笔下被展示得淋漓尽致。也难怪郁达夫这样评价冰心：冰心女士，以其散文的清丽，文字之典雅，思想的纯洁，在中国也算是独一无二的作家了。这就不难理解冰心的小说成就或难超越其自己的散文了。

由三位女作家，我不由又联想到“相由心生”一词。在发黄的旧照片里，冰心永远是浅笑盈盈、清丽脱俗，哪怕一头银丝也是典雅的。

而萧红即使一身时尚的装扮，双眼透出的仍然是坚毅，似乎能洞悉尘世的一切。

最能代表张爱玲的一张经典照片是她身着一件立领旗袍的造型，可能是刚烫的发，不知是领子太僵硬还是太高，撑得她似乎有些不适。总之，她的头微昂着，眼睛斜着，睥睨一切，一脸上世纪四十年代旧上海女人的市侩气。

“文如其人”，的确，在散文里，作者的自我是无处不在的。

静心素读

夜深人静，习惯性走到书橱，我知道在静默的书山里总有一本好书在耐心地执拗地等待着我。就像无边无际的茫茫大草原里，一棵丰茂如冠的大树，以千年不变的姿势虔诚地等候着一个风尘仆仆的行者。

终于，我眼前一亮，与书的心灵之约，让我疲惫的心在浓浓的书香里沉醉。南宋诗人陆游曾说“读书有味身忘老”，在那意想不到的境界里休息，何其惬意。

“少年读书，如隙中窥月。中年读书，如庭中赏月。老年读书，如台上望月。”人的生命是有限的，每个年龄阶段对书的感悟各不相同，但总会有几本最心爱的书与你成为知音。读心爱的书，书中人和物，便会附着你的心灵复活，你喜欢的作者和书中的人物，也会伸手与你盈手相握，彼此莫逆于心。真是“前有古人后有来者”，常与古人邀约于书里，甚至也有穿越时空的乐趣。

朱熹说：“问渠那得清如许，为有源头活水来。”我们的思想需要源头活水，而这源头活水皆是来自饱读诗书。古人说："三日不读书，便觉言语无味，面目可憎。"的确，每天抽出一点时间来看看心爱的书，不但可以使我们保持头脑的清醒和思想的灵活，更是人生一大享受。

一个人倘说他忙得没有工夫读书，那实在是一件很不幸的事。

林语堂先生在《生活的艺术》中奉劝人们寻找"文学上的爱人"。他说："世上原有所谓性情相近的事。所以一个人必须从古今中外的作家中找寻出和自己性情相近者。"你如能时常有机会和一位与自己精神领域接近的作家借书聊天谈心，他所说的就是你之所想，他的喜怒哀乐就是你的喜怒哀乐。于是，你便可以得到如同结识朋友、知己、恋人一般的快乐。

如果你幸而不是一个沉溺于酒色歌舞的"大忙人"，那么，在一个寂寞的雨天，在一个夏日的午后，在秋雁的啼叫声里，在冬日温暖的火炉边，在一个个无法排遣的周末假日，找一本自己最钟情的书来享受一番，该何其畅快！

比如，在身边这个凉风习习的初夏，读喜欢的书，犹如体味写书人的故事，也可重温自己的读书时光，这是一种慰藉，是一次感动，更是一次对心灵的净化。

在这名利喧嚣与激情过剩的年代，做一个有思想的人不容易，做一个真正的读书人更难。尤其像自己这样朝七晚六的上班族，下班后摇身一变，即为一介家庭主妇，欲想静心读书，何其之难？

曾有一女友调侃："一个端庄贤淑的主妇，有必要读书？"如果你不看《安娜·卡列林娜》，你可能会埋头一心煮饭；如果你正在读《约翰·克里斯朵夫》，你就可能会三心二意地炒菜。所以，对置凌乱的厨房和一大堆脏衣物于不顾，而只是闷头看书的主妇，我一度是颇有微词的，哪怕只是在心里。

有一阵，在大好的居家时光里捧起心爱的书，我竟然会心慌意乱，读而不解其意。时间飞逝，红颜易老，虽说"腹有诗书气自华"，那效果也太慢了点，谁知道肚子里得装下多少书卷方才生发出那么点书卷气？瞧，身边多少靓丽女子，她们从不看书，倒是觉得贴一张保湿美白面膜来得更实在些。

继而有一刻也把书扔到一边，甚至也学那些美眉，赶紧来到电脑前，便想，要堕落，还不如来个彻底，还有什么比一个主妇沉迷上网络更糟糕？然而，冥冥中自有天意，偏偏我上的是红袖添香文学网，这儿萦绕的仍是浓浓书香，以及论坛的文字芳香四溢。

看来，事实是自己一度怠慢了书，虚度光阴并非是因为做了几顿饭，洗了几件衫，拖了几次地，而是自己给自己虚构了某种角色而生出了压力。原来，我还有太多的杂念。

古语曰："养心莫如静心，静心莫如读书。"

于是，去书店的一角，去图书馆的一隅，甚至去街角的一个旧书摊上，在那里，总有那样一本书在静静等着与你命定的邂逅：素净的封面，泛着淡淡的幽光，也许没有达官贵人、文人墨客的推荐语，甚至看不到关于它的任何一条书评，你可能只是它的第一个读者，甚至是唯一的读者。它在那里寂寥地站了十年百年了，犹如伊人独立风尘，虽然书脊都站得有点驼背了，但是它仍然坚持站立的姿势，因为，它被装订出来那天就深深知晓：上天定会为它安排一个知音跟它约会，哪怕千山万水，哪怕此去经年。

我就是那个人，我一次次去找这样的书，书的灵魂也似在等着和我对话，无数本这样寂寞的书丰富充实着我。

后来，慢慢明白，读书确实可以使人入静。唯有读书让我的心灵如清水般宁静。读书，在某种意义上，对我，简直就是心灵的救赎。

万籁俱寂时，独自思考所得多为虚无缥缈，终发现，只有和书结为知音朋友才能充实心灵。终彻悟，唯有书，方可深入自己的灵魂；唯有书，方可在我孤独无助时给我启发；唯有书，方可让我听到与我共鸣的声音；也唯有书，方可在众人皆醒我独醉时陪伴我。于是，我读！我思！我写！

但书籍浩如烟海，人生有涯而书海无涯，那么在有限的生命里怎么读？如何读呢？就像我不爱吃大鱼大肉，偏爱青菜萝卜等素菜一样，读书，我也爱素读。不抱目的，不做笔记，随心所欲，无须绞尽脑汁地理解分析，很多时候，清茶一杯，诗书一卷，如同乘坐不系之舟，随波逐流，只尽情享受轻风的味道。

每每读到一本好书时，常常为书中的恢宏结构、美妙情节、诸多悬念、深邃哲理所吸引，甚至可以达到物我两忘、宠辱不惊的境地。闻雷鸣而不惊，遇热闹而不趋。而读到一首好诗或一篇好游记时，也顿觉心境畅快而透亮起来，如身临其境，仿佛身在名山秀水之中而心旷神怡。

在书的国度里，所有爱书的人，无论其贫贱还是富有，都能成为书的忠实聆听者和欣赏者。打开书的封面，我们能闻到作者思维所散发的芬芳，在文章的细节之中，我们也常能发现作者灵动的身影。书，是人类文明的结晶。书之所载，也成了人类千万年来历史和文化的见证。书，是伟大思想之记录与实现的过程。不管是散文随笔，还是长篇著述，书，皆可以容下尘世里的闲情雅致，也可以装下人世间的悲欢离合。在书的国度里，我们可以自由漫游；在书的海洋中，我们可以畅快寻宝。

“腹有诗书气自华”，即使诗书不能使你风度高雅、气宇轩昂，但有一点是肯定的，腹中诗书能让你享有恬淡宁适的心境和心安理得的快乐。

书痴者文必工，艺痴者技必良。读书吧，哪怕成为书呆子，那也是一种品质！当那些自诩为聪明的人，在投机取巧中左右奔突而寻找捷径时，让我们心甘情愿当一个静心读书的傻瓜，醉卧书畔，且读且思吧。

梦中的小屋

在我的梦里，有一间小屋，屋外，常年竹影婆娑，流水淙淙。

我的小屋是一间小木屋，身上爬满了我某个春日亲手植下的绿萝。

春来时，藤萝中活泼着星星点点的蓝色小花，这些毫不起眼的小花唤来小蜜蜂、小蝴蝶在花间翩飞。绿油油的藤萝一天天蔓延至小木屋的屋顶，不知不觉竟然爬满了小木屋的周身，远远望去宛如一间涂满绿色油漆的屋子，所以要鉴定我的小木屋的品质，有时候仅靠视觉是不够的，还需要用手去轻轻触摸，用鼻子去嗅一嗅，很快，你会闻到我的小木屋充满了纯粹大自然的芳香。这绿意盎然的小木屋，犹如一本清新雅致的散文集的封面，诱惑着你忍不住好奇地推开小木屋的木门，你的眼睛会禁不住一个劲地往里面瞅。

当然，你最先看见的是小木屋窗前悬挂的几盆绿萝或者吊兰，它们长势很好，长长的茎叶沿着小花盆四周垂下，如绿色的须发，自成一道圆形绿色小瀑布。偶尔，微风拂来，吊兰、绿萝们瀑布般的绿发轻轻摆动着，绿色就自然而然地向下流泻，宛如一串绿色的风铃。那些在窗前轻轻摇摆的吊兰和绿萝，绿得腼腆、羞涩。室外大片的绿，正在向室内自然过渡、延伸。

暂别那绿的世界，你就看到了我的小木屋的陈设：简单得近乎简陋。一套樟木的桌椅，一个藤质的书架，书架不气派，却摆满了我所钟情的书：《唐诗宋词》《红楼梦》《双城记》……尤其是余华的《活着》、路遥的《平凡的世界》、阿来的《尘埃落定》、余秋雨的《文化苦旅》、马尔克斯的《百年孤独》、村上春树的《挪威的森林》以及泰戈尔、徐志摩、张爱玲、三毛、余光中、毕淑敏、席慕容、张晓风等名家的大作，都放置在了书架最显眼的地方。书架上的书任由我随意地抽取，皆是挚爱。兴之所至，我还会和着清风流水，用我尚算清脆的嗓音诵读出声来……

我的书桌也不是为了写作而备，散漫的我不想让“写作”两字压迫我自由的神经，但如果若有所思，遇“情动而辞发”时，那就随意在洁白的纸上涂鸦心情，正如此时的我，描绘梦中的小屋一般，断不是为了文也，纯粹是为了心灵的愉悦而已。

我在小木屋后栽下的竹，经春雷唤醒，竞相破土而出，不久便随着各自的地形随意而茁壮地生长着，一片竹林恍然间长成。“宁可食无肉，不可居无竹。”我挚爱清雅的竹，也欣赏竹子的风姿和品格。“未出土时先有节，便凌云去也无心。”托腮静坐在小木屋的窗前，我就可以闻到竹的清香，听到竹林间鸟虫啁啾、清风低吟，这是一幅清雅灵动的画，如果我想推开小木屋的木门，轻轻悄悄地走进这幅竹风图，顷刻间，我就成为了画中人。

每度清晓，我都在窗外的鸟语花香中悠然醒来。在每一个美好的清晨里，我无须时钟催促，不紧不慢地起床、穿衣、梳洗，闲适地开始我的一天。我的“闲适”的确也够闲适，无案牍之劳形，不过是在竹林里随便走走，与拂过脸颊的清风打打招呼，漫不经心地将绿色收进视野，拜访一下小花、小草、小蝴蝶、小蜜蜂和叽叽喳喳的小鸟们，关心一下哪棵竹笋出土了，哪根竹子拔节了，顺手还捡回几个蘑菇。累了，我就折回我的小木屋里，随意地翻翻书，稍作小憩，高兴了也信“笔”由缰地涂抹几笔心情，任由手指尖上绽放文字的花蕾。

我的小木屋里甚至已不需要人为的高雅音乐了，包括挚爱的“班得瑞”，小木屋周围大自然的一切声响都成为了我的伴奏：流水声、风起声、花落声、雨打竹叶声、风吹树叶声、虫儿的浅唱低吟声……

星月灿烂的夏夜里，我在木屋外的竹椅上卧躺，望着月亮，数着星星。运气好，还会从蓝幽幽的天幕上看到流星雨。那些灿烂的流星成群结队，划破夜幕，疾驶而来，如约而至。幸运的话还可以看到那颗蓝晶晶的小星星冲我眨眼睛。

这时，我和我的小木屋腾空而起，带着梦幻，飞向那遥远而神秘的天际……

还原一个好看好玩的鲁迅

——读《笑谈大先生》

校长赠给我们“心泉读书会”的成员每人一本新书。一本正散发着淡淡油墨香的新书在手，我一般都会习惯性先看看作者。

《笑谈大先生》，深灰色的干净封面，除了居中的手写碑刻体书名，最下端唯有两行淡淡的小字“七讲鲁迅”“陈丹青”。迅速忆起，作者陈丹青是一位留过洋的画家，第一次看到他是在王志主持的《面对面》访谈节目里，剃着见青的寸头，一身缁衣，戴两副眼镜，一副看字，一副看人，笑谈他与清华的故事。他的说话方式显然与众不同，在访谈中，面对电视观众，他的对答竟然不时会冒出诸如“他妈的”这样的国骂，我第一次惊觉，原来针对某一个特殊时代的脏字，也可以精准而恰当地释放某种情绪。

就是这样一位本身很好玩、很有意思的画家，毅然拉下因政治而被供上神坛近半个世纪的鲁迅。陈丹青用尽力气去与时光拔河，试图找回迷失了的有血有肉的“真鲁迅”。陈丹青读鲁迅，谈鲁迅，写鲁迅，妙趣横生，有见地有沉郁。他站在平民的立场，结合特定的时代，透过同时代人的参照对比，去一点一点唤回被他称之为“大先生”之真实的为人色彩，以还原一个好看、好玩而真实的鲁迅。

陈丹青将鲁迅从神还原成人，用近乎调侃的文字拉近了我们与鲁迅的距离。当然，把鲁迅拉下神坛，还原鲁迅不是什么新话题了，不少研究鲁迅的学者都写过这方面的书，但那些洋洋洒洒、几十万字厚厚一本书，语言或刻板或艰涩，而让普通读者难以彻读。有时候看他们的文字，企图把鲁迅从一个政治神坛上拉下来，而迅即，又要捧上另一个文学神位，其实是在塑造一个新的神话罢了。

陈丹青笑谈大先生，除了是受鲁迅博物馆的馆长孙郁先生的邀请，还接受了鲁迅的儿子周海婴、与陈丹青同龄的鲁迅长孙周令飞的坚请，作者与周家人私交甚好。鲁迅的遗孀许广平先生无疑对自己的丈夫最有发言权，但在历史的迷雾中，我们是听不到他们的真实声音的……陈丹青谈鲁迅，无疑，是把鲁迅当一位尊敬的长者、一位骨肉亲人，所谓呼之大先生，忘年神交是也！

或许因为这是一本演讲集，语言平实直白而妙趣横生，读来如同在课堂上听讲一般，令人欣然接受。全书从笑谈大先生开始，随后论述鲁迅与死亡，追问鲁迅是谁，又谈及鲁迅的归宿，接着从鲁迅着点，怀念与他同时代民国的文人，最后用专业的一章讲述和鲁迅文学有关的话题，包括涉及和美术有关的某些议论。我用了整整一周时间读完了这本书。掩卷之时，头脑里一点一点勾勒出了大先生的形象。

陈丹青不愧是画家，他以私人神交的方式谈鲁迅，首先笑谈的是鲁迅的长相。“横眉冷对千夫指”，鲁迅的那张脸谱，历来被指让人望而生畏。陈丹青却觉得大先生的长相无比好看，酷酷的，满不在乎，一脸的清苦、刚直、坦然，骨子里透着风流与俏皮，却又充满了慈悲，让人百看不厌。一个人的相貌，便是他的人，“大先生的模样真是非常配他，配他的文学，配他的脾气，配他的命运，配他的地位与声名。”此谓“好看”。

作者笔下的鲁迅不过是一个普通的、让人倍感亲切的文人，我们的语文教材上给他冠上三个响当当的头衔：伟大的思想家、文学家和革命家。这三个家其三分之二是政治头衔。其实鲁迅只是一个普通的、有良知的文人，他从不革命，他甚至没参与过哪怕一次革命。作者笑谈当年在东京，革命党派他回来搞暗杀，他还找个理由拒绝了，这怎么能是革命家？政治赋予的那三个定义，是关联的，定义鲁迅是革命家大概是因为他首先是思想家，思想与革命性常有关联，所以就定位为革命家。其实看鲁迅的文章，他的思想来自他作为一个有尊严的大写的人，与革不革命没有必然的关系。正因为他是一个有尊严的人，他才看不惯当时社会的黑暗。又因为擅长舞文弄墨，他才要奋笔疾书他的那些不满，他不过希望中国成为一个有尊严的国家，所以他才要关心同情那些抗争者：纪念刘和珍君，整理瞿秋白文集，接受方志敏的委托，秘密约见陈赓……他是希望这些抗争的人能够为这个社会带来光明，能够让人过得有尊严。

他是一个文人，自然有文人的雅趣和操守。他并非像一个斗士、勇士那样成天愤世嫉俗、嫉恶如仇。事实上，他爱说爱笑，生活中是一个极其幽默、诙谐好玩的人。大先生不仅上课“好玩死了”，生活中更是个得意、淘气的人。书中引了鲁迅朋友的回忆，他到朋友家里，一进门就像小孩那样打着旋子进来。作者谈到似乎女性更能够把握老先生“好玩”的一面：章衣萍的太太回忆有次朋友们去找鲁迅玩，隔着马路喊，鲁迅没听见，待众人到他家，对他说喊了你好几声呢！于是老先生“噢、噢、噢……”地噢了好几声，问他为何连声回应，他笑答，你不是叫我好几声吗，我就还给你呀……这是多么可爱的鲁迅。每读到此，我就忍俊不禁和家人分享我的快乐。但中小学教材里的鲁迅，却是那样的不苟言笑。凶悍、严厉而好斗似乎就是鲁迅的特征。这和陈丹青对鲁迅的解读可谓有天壤之别。语文教科书长期强迫学生阅读这样的鲁迅，成功地使一代代年轻人厌烦他，真应了“因误解而疏远”。

但大先生毕竟是一介文人，“横眉冷对千夫指”只是一时豪情，最后还是要“躲进小楼成一统”。他敢于直面死亡，却不会像真正的革命者那样视死如归。秋瑾为了革命而慷慨就义，他却只能写一篇《药》来纪念她。陈丹青说，先生属蛇，蛇溜得最快，所以，北京风声紧时先生跑到厦门，而后广州，最后躲在上海租界。他的《且介集》就是将“租界”二字各取一半，坦然表示他躲在租界。所以，在选择“地利”时，鲁迅既是一个民族主义者，也是个现实主义者。

鲁迅在民国只是一个文人，与胡适、林语堂他们一样都是一介书生，他的笔仅是一支文人的笔，不是匕首也不是投枪，只在书写时，不乏慷慨激昂。和大先生同时代的那些民国文人也都非常重要，他们和鲁迅是等高的，他们是论敌，也是朋友。他们的分歧不过是为了国人以怎样有尊严的方式活着而探讨，无所谓进步还是落后，尊重鲁迅更要尊重那个时代所有的文人。比如胡适、林语堂、梁实秋、张爱玲……

可惜鲁迅成了政治上的圣人，政客根据自己的需要随意捏造鲁迅，于是，鲁迅便成了政治文庙中的木乃伊。政治色彩完全掩盖了真实的鲁迅，高大全的鲁迅，让新时代的年轻人敬而远之。

1957年，毛泽东与上海各界知名人士座谈，罗稷南先生问：“鲁迅要是活着会怎样？”毛答曰“要么是闭嘴要么是坐牢”。其弟周作人晚年有一枚方印刻着“寿则多辱”，或许正是看透了这个意思。还是鲁迅的朋友最了解他，当年大陆最热捧鲁迅的时候，胡适在美国说：“鲁迅是个自由主义者，他是我们的人。”

作为一个怀揣着理想的文人，鲁迅和他的同辈们代表了一个时代的良心，不管那个时代有多么黑暗，有良心在，我们都可以看见一丝光明，感受一份温暖。

对于今天的我们来说，未能亲见那些大师鲜活的真实身影是件憾事，但幸好还有他们的肖像、作品存世。我们读其书，思其人，文学之所以温暖人心，也许正在于此。大先生人为的高大身影，不再寂寞地矗立在时代的孤岛上。感谢画家陈丹青，用七束历史的追光灯，重新聚焦大先生以及那些曾经鲜活在先生身边的人，以还原一幅近乎完美且鲜活的历史画面。

从小红形象看贾府的丫鬟世界

——读《红楼梦》

《红楼梦》是中国乃至世界文学史上的一部划时代的作品。这部小说作品不但塑造了宝玉、黛玉、宝钗等众多公子小姐之令人叹为观止的人物艺术形象，其也堪称人类文学史上描写奴仆形象最多、最丰富和最深刻的一部鸿篇巨著。

《红楼梦》中出场的奴仆，严格意义上讲共有 366 人，其中出现的丫鬟 73 人，小厮 27 人，仆人 266 人。无疑，《红楼梦》是表现奴仆形象的一个巨大文学舞台。曹雪芹用极其丰富多彩的笔调书写了一个隐秘而真实的奴婢世界，勾画出了一幅幅鲜活的奴婢众生相。奴仆们拥有各自的面貌、心理、神态、性格、人生目标和行为方式，在曹雪芹的笔下，主要还是在描述奴仆之间的相互关系和矛盾、冲突，以及与主子们的关系及相应的矛盾、冲突，表现力极其鲜明、生动、形象、细腻、深入和复杂。看得到，每一个奴仆都是个性鲜明，栩栩如生。

在曹雪芹大师的如椽之笔下，针对丫鬟群体写得较多的是那些相对体面而有地位的大丫鬟。比如晴雯、袭人、鸳鸯、司棋等，她们都是各自主子的贴身侍婢。然而作者并未忽视对小丫鬟的关注，小红便是作者着墨较多的一个小丫鬟，通过小红这一角色，我们或能够以管窥豹，认识一些贾府丫鬟的地位问题。

小红本姓林，小名红玉。因宝玉和黛玉两个主子名中均含一“玉”，于是红玉之“玉”，因犯讳而隐，府上人皆改唤她“小红”。小红原是贾府世仆。其父林之孝，管理各处田房事物，是一个地位较高的仆人。小红年方十四，便进府当差，派在怡红院中。她是一个俊俏伶俐的丫鬟，说话娇声嫩气。凤姐支使她一趟，回话时便“这奶奶”“那奶奶”的一大串，说得一清二楚，口齿倒也清晰，遂博得众人的称赏，以至王熙凤都要向宝玉讨了去伺候她。可这样一个难得的丫鬟，却长期埋没在怡红院里大群下等丫鬟中，默默无闻。小红虽然是个不谙世事的丫头，因她原有几分姿色，心内便想向上攀高，每每要在宝玉面前显弄显弄，只是宝玉身边已有袭人、晴雯等一干“伶牙利爪”的贴身丫鬟，哪里能容她插得下手去？可有一晚，她却逮住了一次良机。

这日晚上宝玉从北静王府回来，恰巧房内一个贴身丫头也不在，晴雯是她母亲生日时被接了出去。宝玉只得自己倒茶，只听背后有人说道：“二爷，看烫了手，等我倒罢。”宝玉一面吃茶，一面仔细打量侍候自己的人儿，如何脸面儿见生？小红穿着几件半新不旧的衣裳，倒是一头黑压压的乌发，挽着髻儿，细长脸面、细挑身材，却十分恬静。宝玉便笑问道：“你也是我屋里的人么？”小红笑应道：“是呢。”宝玉道：“既是这屋里的，我怎么不认得？”那丫头听说，便冷笑道：“爷不认得的也多呢！岂止我一个！从来我又不递茶水拿东西，眼面前的一件也做不着，哪里认得呢？”宝玉道：“你为什么不做眼面前儿的呢？”小红道：“这话我也难说。”小红打断这个话题，因为讲出其中道理，便要得罪人。

可事后，令小红万万想不到的是，仅为替主子倒了一碗茶，却遭到其他丫鬟的辱骂。当去催水的秋纹、碧痕提着水桶笑着进来，忽见小红来接水，便都诧异，将水放下。忙进来看时，并没别人，只有宝玉。于是心中俱不自在，她们做完了活，忙找着小红，问她方才在屋里做什么。小红道：“我何曾在屋里呢？因为我的绢子找不着，往后头找去，不想二爷要茶喝，叫姐姐们，一个人也没有，我赶着进去倒了碗茶，姐姐们就来了。”秋纹兜着脸，啐了一口道：“没脸面的下流东西！正经叫你催水去，你说有事，倒叫我们去，你可抢这个巧宗儿！一里一里的，这不上来了吗？难道我们倒跟不上你么？你也拿镜子照照，配递茶递水不配？”碧痕道：“明儿我说给她们，凡要茶要水拿东西的事，咱们都别动，只叫她去就完了”。秋纹道：“这么说，还不如我们散了，单让她在这屋里呢！”两人你一句，我一句，正闹着，有个老嬷嬷来传凤姐的话，才止。这可怜的小红今日才避开宝玉身边像晴雯这样伶牙俐齿的贴身大丫头，好不容易攒得天赐良机，找到一个机会在宝玉面前显弄自己。不想遭秋纹、碧痕等一场恶骂，心内早灰了一半。

小红在宝玉房内“怀才不遇”，心中郁闷，小丫头佳蕙见她如此，说：“可也怨不得你。这个地方，本也难站。就像昨儿老太太因宝玉病了这些日子，说服侍的人都辛苦了，如今身上好了，各处还许了愿，叫把跟前的人都按等儿赏她们。我们算年纪小，上不去，我也不抱怨，像你怎么也不算在里头？我心里就不服。袭人哪怕她得十分儿，也不恼她，原该的。说句良心话，谁能比她呢？只可气晴雯、绮霞她们这几个都算在上等里去，仗着宝玉疼她们，众人就都捧着她们。你说可气不可气？”

小红道：“也犯不着气她们。俗话说‘千里搭长棚——没有个不散的宴席’。谁守一辈子呢？不过三年五载，各人干各人的去了，那时谁还管谁呢？”东方不亮西方亮。小红的确是个审时度势、精明能干的女孩。她终于又在凤姐那儿撞上了机会。她在大观园内见到凤姐站在山坡上招手，连忙弃了众人，跑到凤姐前，堆着笑问：“奶奶使唤做什么事？”凤姐打量了一下，见她生得干净俏丽，说话知趣，笑道：“我的丫头们今儿没跟我来，我这会子想起一件事，要使唤个人出去，不知你能干不能干？说话齐全不齐全？”小红笑道：“奶奶有什么话只管吩咐我说去，要说不齐全，误了奶奶的事，任凭奶奶责罚就是了。”

小红为凤姐办完事，在回来的半路上，顶头又撞着宝玉房里的一群丫头，约八九个之多。晴雯一见小红，便说道：“你只是疯罢！院子里花儿也不浇，雀儿也不喂，茶炉子也不弄，就在外头逛！”小红道：“昨儿二爷说了，今儿不用浇花儿，过一日浇一回。我喂雀儿的时候，你还睡觉呢。”碧痕道：“茶炉子呢？”小红道：“今儿不该我的班儿，有茶没茶，别问我。”绮霞道：“你听听她的嘴！你们别说了，让她逛吧。”小红道：“你们再问问，我逛了没逛。二奶奶才使唤我说话取东西去。”说着，将荷包举给她们看，才没言语了。晴雯冷笑道：“怪道呢！原来爬上高枝儿去了，就不服我们了。不知说了一句话半句话，名儿姓儿都知道了没有，就把她兴头成这个样儿！这一遭半遭儿的也算不得什么，过了后儿，还得听呵！……有本事从今儿出了这园子，长长远远的在高枝儿上才算好呢！”

显而易见，在宝玉手下，伶牙俐齿的丫鬟已很多，不缺用人。小红即使想上进，可连插针的缝也找不着。正好凤姐手下缺得力的二丫头，她在府内办事需要人才，小红真的借机“跳槽”成功了，摆脱了宝玉房中大丫鬟们的压制，找到了自己比较满意的位置。这时她已十七岁，当丫鬟三年了。

细细琢磨小红这个小丫鬟的遭遇，便尝试着想从人性方面，来解读贾府的丫鬟世界：

其一，贾府的丫鬟虽同为奴身，却等级森严。至少分三等，头等的五官端正，长相看上去令人舒服，也聪慧能干。她们多资格较老，已当上了主子的贴身丫鬟，比如宝玉的贴身丫鬟袭人、晴雯等；二等的丫鬟模样也俊俏，手脚也麻利，但资格稍浅，年龄较小，刚分配到主人那儿不久，是替补队员。待头等的年龄大了或嫁人了，她们再伺机升上去，她们的活儿并不固定，不光听主人差使，头等丫鬟也可临时差遣她们。文中说到的小红即是二等丫鬟。三等的粗手大脚，面容身材或两者都不佳，只能干粗活，是粗使丫头。在丫鬟们服役的天地里，是有许多她们所“到不去的地方”的。所谓“到得去”“到不去”，乃是对干活的粗细以及与主子接触的远近疏密而言。身为主人的贾宝玉竟不认识围着他的一些丫鬟，就因为丫鬟在三阶九等的情况下，拢不了主子的身。

小红平素也只干些喂雀、浇花、生炉子的粗鄙杂活，而为宝玉“递茶递水”“拿东拿西”，这些能接近主人的“眼见的事”却根本没有她的份。这种差等的存在，就使处于不同等级的丫鬟们存在不同的心理意识。大丫鬟们往往觉得自己更比她人高出一等，她们对小丫鬟们可以颐指气使，小丫鬟们除了服从之外不敢反抗。尤其值得注意的是，在丫鬟之间，她们不但职责范围界限清楚，可给大丫鬟们形成一种荣耀心理，同时不能让其他等级里的丫鬟们来“分享”同一个主子。高一等的可以欺侮下一等的，在干活和报酬上都如此。小丫头佳蕙说，宝玉生病时，小红同袭人、晴雯等一齐没日没夜地守着、服侍着，但宝玉病愈后，贾母按着等级给的赏钱，却给大丫头们独吞了，小丫头（二等的）如小红皆无份。对于晴雯，我们在肯定她有反封建的反抗精神的同时，也要注意到她对下层丫头的凶狠欺压的一面。小红仅仅在宝玉呼唤没人服侍的时候进去递了一杯茶，就令大丫头不满，恨其侵“权”而遭到大丫头们一阵不堪的辱骂，而小红还不敢吱声。晴雯对小红“爬上高枝儿上去了”也表示了极大的不满，进行了肆无忌惮的冷嘲热讽，这就是大丫鬟们的“特”权。可见大观园中地位高的丫头可以随意询查、训斥小丫头，而小丫头对此不敢回口，只能忍气吞声，否则日后要受到更多的报复与欺压。

其二，从小红的身上，我们还可看出奴婢们的激烈竞争，这个竞争体现在丫鬟身上，便是要努力贴近未婚男主人，尤其是宝玉这类性格温和，善于爱抚、体贴异性的未婚男主人，最为吸引丫鬟们，都想力争当上其贴身丫鬟。小红就“心内着实妄想痴心的向上攀高，每每的要在宝玉面前显弄显弄”。如果取得了头等丫鬟的地位，从眼前利益来讲，沾主子的光，陪着主子养尊处优。平素的活儿干净细巧也轻松，生活环境舒适，得的赏银也多。从长远利益来说，趁着自己青春美貌、聪明伶俐，利用自己对主子的一片赤诚之心，再加上朝夕相处、不定日久生情，也许能逮住良机，取得与主人相伴一生的机会，当上男主子的侍妾甚至宠妾，这样即可爬上半个主子的位置，从而彻底提升自己的身价和地位，也彻底改变了自己下一代的命运。

已取得贴身丫鬟地位的要尽力保持，并设法不让别人再挤进这个圈子，以确保不被他人将自己淘汰出局；而后来者则需更努力地钻营，尽量卖力地伺候主子而讨得主子的欢心。因此先来的与后来的，争夺和竞争虽是暗中较劲，有时也要露到面上。不管用哪种形式，斗争是激烈而冷酷的，甚至是你死我活的。最初，秋纹、碧痕看到小红在宝玉房中出来“便都诧异”不已，而后发现宝玉一个人在房内，小红竟然溜了进去，秋纹、碧痕“便心中俱不自在”就更不用说了。大丫鬟们并不因小红分担了她们的工作而高兴，而是“忙找着小红”算账。秋纹和碧痕当场斥骂小红“没脸面的下流东西”，“你可抢这个巧宗儿”，且当场点穿小红想夺自己的“饭碗”，讥讽说：“咱们都别动，只叫她去就完了。”一阵没头没脑的羞辱，真够小红受的。尤其是正面训斥：“一里一里的这不上来了吗？难道我们倒跟不上你么？你也拿镜子照照，配递茶递水不配？”这种迎头痛击，这种当头棒喝，其中的冷酷味和血腥气，让人不寒而栗。

其三，“物竞天择，优胜劣败，适者生存”是自然界的规律，人类社会似同样适用。在“一个个像乌眼鸡似的，恨不得你吃了我，我吃了你”的贾府中，对于小红这样的小丫头们，险恶的现实环境使她们都有一种“向上”的本能愿望。小红在怡红院时羽翼未丰，受尽大丫鬟们的冷嘲热讽，自知不是对方的对手，虽然她“马上灰心了一半”，但她毕竟年轻，还有“一半的心”没有灰。她于是另谋出路，她在宝玉那儿的百般努力却碰了一鼻子灰，不得已求其次，在贾芸那儿撞上了机会，获得了进展，情感上有了依托。希望把自己的终身大事寄托在也属贾府子孙的穷公子贾芸身上，改变奴隶成分。而在工作地位方面，聪明伶俐又善于察言观色的小红，终于在凤姐那儿逮住了一个千载难逢的好机会。

一日，小红撞上了替凤姐办事的美差，事毕后禀告凤姐，满嘴这个奶奶、那个奶奶的一大篇，竟如大珠小珠落玉盘一般，着实清楚。却又只有凤姐才明白“这是四五门子的话”。怪不得凤姐忍不住表扬她：“好孩子，难为你说得齐全，不像她们扭扭捏捏蚊子似的，这个丫头就好。刚才这两遭说话虽不多，口角儿就很简断。”说着，又向小红笑道：“你明儿服侍我去罢，我认你做女儿，我再调理调理，你就出息了。”凤姐最后又问：“既这么着，明儿我和宝玉说，叫他再要人，叫这丫头跟我去。可不知本人愿意不愿意？”小红笑道：“愿意不愿意？我们也不敢说。只是跟着奶奶，我们学些眼高、手低、出入上下、大小的事儿，也得见识见识。”小红的回答十分得体，她最终真的跳上“高枝儿”。真可谓此处不留“姐”，自有留“姐”处。

当小红兴兴头头地拿着凤姐让她取来的荷包往回走时，宝玉身边几个有身份的丫鬟批评她正经事不干，就在外面逛。晴雯嘲笑小红一心往上爬。

这种指责，貌似有理，实则醋意十足。在贾府里，在那个靠人身依附来决定自己前途的大观园中，又有哪一位丫头没有攀高枝的想法呢？小红是得力管家林之孝的女儿，她没有依靠这层关系走后门，而是凭自己的真本事跳出那个永远无法出头的怡红院，无论如何，这也比那些光靠拍马送礼，以出卖肉体和灵魂来求得升迁的无能之辈，要高尚得多。

但以上只是问题的一个方面，只是就大小丫鬟之间来比较而言的。而另一方面，对于主子来说，则不论大小丫鬟，她们都是被剥削、被压迫的奴仆，即使是大丫鬟，也免不了遭遇奴婢所共有的悲惨命运。

总之，曹雪芹大师善于从小事处着眼，写出的丫鬟不乏人间况味。尤其是从小红的遭际中，让我们清晰地看到了大小丫鬟间的无情竞争和相互倾轧，以及小人物为改变自己的命运而做出的种种饱含心酸的努力。曹公笔下的那个活生生的奴婢世界，见识之后，实在令人唏嘘不已。

废墟里傲然绽放的花

岁末，我走进了久违的影院。我知道，我即将享受的是一场光和影、情与仇的盛宴。

《金陵十三钗》，影片讲述的故事视角独特，人物细节刻画极具感染力，还有战争场面和色彩美学，也一并带来视觉冲击。看毕，感觉《金陵十三钗》无疑是一部震撼人心的作品，堪称导演张艺谋和编剧严歌苓的一次经典而完美的合作。

对日军侵华题材的影视，我从来不视作艺术，那个苦难而屈辱的时期，我中华大地上数以千万无辜同胞被蹂躏和屠杀，那是近代中国史上不能被忘却的血淋淋的史实。

从《南京大屠杀》《南京！南京》直至今晚的《金陵十三钗》，对昔日的“中国之都”被血洗之真实惨状，我实在难以回首。那些惨无人道的屠杀，肆无忌惮的强奸，明火执仗的抢劫，灭绝人性的侵略……一幕幕历史镜头，给出的是尸骸遍地、血流成河的场景，给出的是惨绝人寰而触目惊心的史实。

《金陵十三钗》的镜头，于血淋淋的历史背景中展开，在炮火纷飞、一片狼藉的南京废都里，生命出现了，那些都是年轻的、活生生的生命。在老谋子最为擅长表现的奔跑镜头中，出现了一群教会学校的十二三岁的女学生，她们拎着皮箱一路狂奔，要不是遇上以李教官为首的正在撤退的国军，当机立断阻截那些丧心病狂还在穷追猛打的日本强盗，这群生命之花恐早就凋零了。这些孩子，算是侥幸逃过了第一劫。于是，她们得以继续狂奔……求生，只为求生，在一片废墟里，活着的生命依然在律动……

奔至教会学校，故事才真正拉开序幕。

在这里，又出现了一个人物：所谓的美国丧葬师约翰“神父”。在日本鬼子的血腥屠杀、惨无人道的强奸背景下，约翰“神父”这个嗜钱如命的异国异乡人，良知让他自觉不自觉地充当起了这群花季少女的保护神。紧接着，秦淮河上名噪一时的歌女们“金陵十四钗”也避难来了。于是，故事背景便从远镜头里的日本鬼子进行的南京大屠杀的场面，转移到了这座小小的教会学校的教堂里。

教堂内外两重天。

教堂外，风声鹤唳，完全丧失了人性的日本鬼子正在实施血腥屠杀；教堂里，则在展现着温馨美好的人性救赎：仅存的冰清玉洁的十二个女孩组成了纯净的唱诗班，孩子们坐在教堂的长椅上，虔诚地祈祷；本来精于算计的“假神父”约翰与秦淮河头牌歌女玉墨的肉体交易，也逐步转变为纯净的爱情，且最终灵与肉完美交融；男孩陈乔治以保护12个女孩的生命为己任，挺身而出男扮女装，凑成“金陵十三钗”；小歌女豆蔻为一个垂死的国军“弟弟”，再涉险境去取琵琶的琴弦，仅仅只为在“弟弟”临死前，能听她弹唱一曲自己最拿手的曲子；甚至那被万人唾骂的汉奸爹爹，违心地沦为汉奸，只为答应亡妻要救女儿一命，只为在日本鬼子手里拿到一张能救女儿一命的“通行证”……

被血腥所包围的教堂里，爱情是那么美好；父女情是那么合情合理；“婊子无情”被彻底地颠覆；那些风姿绰约、风情万种的歌女也成为了那么清纯可人、善良而仗义的“邻家大姐姐”；带着近视眼镜的小男孩陈乔治面对险境，俨然就是顶天立地之堂堂中国男子汉……人性之如此美好，几乎被影片张扬到极致。

十二个花季女孩的生命，被这来自不同国度、不同阶层的人合力挽救下来。以李教官为首的国军战至最后一颗子弹，终以肉身携炸药包与鬼子一同灰飞烟灭；以玉墨为首的“金陵十二钗”，慨然赴向那场预知屈辱的死亡之约……最后唱《秦淮景》的那一幕，我也不由得热泪盈眶，谁说商女不知亡国恨？

凶残和温馨，灭绝人性和人性彰显，同时上演，中间仅仅只隔着一座废墟般的教堂。

教堂外，那群灭绝人性而禽兽不如的日本敌寇，自诩要建立所谓的“大东亚共荣圈”，但他们无论如何也想象不到，他们所包围的如铁桶一般的教堂里，正在上演着世上最温情最仗义的一幕幕人间共荣的真情画面：神父约翰与歌女玉墨之间最干净的异国恋情；汉奸父亲对女儿的一颗挚爱之心；尤其是那个头戴瓜皮小帽、身着长袍、戴着眼镜的小男生乔治，虽然他的身上还留有满清服饰的印记，但他把生的希望留给了他一心想要保护的12个女生，小男孩陈乔治挺身而出，书写的是大写的中华男子汉……我想，中国的未来必然崛起，因为有着千千万万的陈乔治的存在，便有了我们中华民族生生不息的希望。

十四个歌女是挑起本片大梁的角色——她们说着江浙女人特有的吴侬软语，举手投足间，散发着不尽的诱惑和迷人的魅力，仿佛周围的空气都能开出柔美的花来。她们在地窖里，酥胸半露，眼波流转，仿佛整个昏暗的地窖都活了过来。她们为了跟女学生争卫生间，泼辣放荡，本色尽显。而当她们伪装成女学生，不经意而流露了身份时，也让人唏嘘不已；她们顶替女孩们，登上开赴不归路的卡车时，那种义无反顾、悲壮却坚决的情态，足以让人动容……

歌伎，是旧时十里秦淮的风景，却总是扮演着或卑贱或悲惨的角色。从她们穿着学生们的破袄衫，给学生们唱起《秦淮曲》时，无须赘述，便可感受到当年在秦淮河上的绰约风姿、万种风情。女人，特别是操着一口这样软糯嗲腔的女人，会让男人不醉都要软三分。所以，好色的“约翰”最初对玉墨涌起的不过是一个正常男人的情欲。玉墨利用的也不过是企图达到“逃命”目的。但如果仅仅只是停留在这一步，爱就俗了，甚至于与爱情无关了。

就像前面所说，玉墨们的身世由不得自己，大部分都是穷家出身，从小就被迫卖进了妓院，小小年纪便开始接客了。像玉墨这样的“知书达理型”的女孩，也是因为被继父强暴，“被迫”沦入风尘。看到十几岁的女学生，她怎么会不联想到自己的身世而感伤呢？谁没有过童年的美好幻想？但是随着女孩慢慢长大，这一切都会成为过去，因为现实永远比童话来得更猛烈、更深刻。其实，玉墨和妓女们所拯救的，不仅仅是十二个不谙世事的小女孩，更是过去那个没有人来拯救的自己！看到“金钗”们穿上改装过的学生袍，开心得真像个十几岁的小女孩时，我想很多观众都会为之动容吧。活着，她们是最不被社会尊重的一类人，若是死了，也便真能带着一颗崭新的心死去罢。人生不能选择从头来过，只能选择向前走好每一步。心若是善良纯洁的，即便是跌落尘埃，也能开出美丽的花朵——也许这就是本片英文片名《The flowers of war》的含义吧！

英文片名中除了用那般美好的“flowers”喻意十四个花儿一般的歌女，也有令人发指的“war”，那便是罪恶的战争！残暴凶狠的日本侵略者的行径，在片中表现得淋漓尽致。

从开场朝草垛里开枪屠杀平民开始，到追逐手无寸铁躲在教堂里的女学生，再到豆蔻和香兰走出教堂惨遭日军的奸杀，映入视野中的皆是犹如魔鬼一般之野蛮的、没有丝毫人性的日军。当道貌岸然的长谷川大佐到教堂，弹奏了一首日语的《故乡》之后，约翰神父跟大佐有这样一段对白：

约翰：“您和您的士兵在海外思念自己的家乡，怀念家乡的美丽河山，但是这群孩子，她们的家乡早已毁尽，你还要让他们为你们唱庆功歌曲，这不是讽刺吗？”

大佐说：“这是命令，不能违反！”

“你说保护我们，给孩子们食物，你是不是早就准备好了把她们献给你们的军官当礼物？她们还是孩子，怎么可以参加成人的聚会呢？”

“明天下午四点，必须到，有车来接你们。”

另一个日本军官已经开始穷凶极恶地数数：“1，2，3，4……13，all。”可以说，这段对白是最让日军原形毕露的一段对白，伪善包裹下的狼子野心表露无遗。

人性的光辉，甚至在亡国的险境里也能熠熠生辉，这才是最令日本鬼子害怕的！人性的力量是最强大的！任何先进的武器都不可遏止住人性散发的光辉！

泱泱中华，合力才是最强大的力量，地球上任何民族任何力量都不可能阻止人性的彰显。金陵十三钗，南京大屠杀中一个极其弱小卑微但也极其美好温馨的抗战缩影！残酷的南京大屠杀，只能夺走部分国人宝贵的生命。但永远不可能泯灭整个中华民族自强不息的人性光辉。

教堂里的五彩玻璃是一个绝佳的道具。

书娟和女学生们不止一次通过这块五彩的玻璃查看外面的情景，透过五彩的光芒，秦淮河的女人们的初次登场，便给幼小的书娟留下了极为深刻的印象：妖娆美艳，笑语盈盈，举手投足之间都发散着自己不可能企及的女人味。在李教官扯断手榴弹引信跟敌人同归于尽的时候，炸飞了的纸铺，五颜六色的彩纸合着五彩的玻璃，使得李教官的牺牲更为神圣和壮烈。我不是宗教人士，不太清楚这面五彩窗户在宗教里象征着什么，但是有一点可以肯定，在教会孩子们的心中，这面彩色窗户散发着上帝的光芒，其照耀在每一个祈祷救赎的人的身上、心里！

剧终，耳畔一直是歌女豆蔻跟垂死的浦生之间令人心酸的对话：

豆蔻说：“等你好了，你娶我吧。我跟着你回家种田。”

浦生说："我家没有田。"

"那你家有啥？"

"啥也没有。"

"那你就找根棍子，我弹琵琶，你要饭，要来的饭给你娘吃。"

"我也没有娘……"

歌女有爱情吗？《金陵十三钗》告诉我们，正是这些貌似看透了人间情爱的女人，爱情来得比任何人都要强烈，都要坚贞。她们从本质上都是渴望爱情和幸福的小女人，但生在乱世，从来都身不由己，唯有这一次的赴会，是她们发自内心的选择，从而成就了十里秦淮的那些歌女以及妓女也能有的、永远的美丽和尊严。

严歌苓，美籍华裔女作家兼编剧，一直活跃在好莱坞。她是近期我最喜爱并敬重的女作家。曾读过她的许多小说，如《第九个寡妇》《一个女人的史诗》以及新作《陆犯焉识》等。她讲述的故事，一直是冷静与幽默同行，温情与练达并重，大有"翻手为苍凉，覆手为繁华"之境界。

走出影院，我的第一个念头即是决定明早去书店，买一本《金陵十三钗》的原著，再静静品读严歌苓和她笔下凄艳的歌女们。忘了说一句，严歌苓的照片太漂亮了！一个人怎么可以思想如此动人，容颜也如此迷人？

老谋子的山楂月饼

从影院出来，难以名状的失落、愤懑如食人蚁般啃噬着我。

文学作品改编成影视作品，原著的故事情节被改动并不奇怪，但连精髓都删了，却是很难让人接受的。原著里那些六七十年代里最盛行、最温馨、最动人，甚至是那个时代里特有的标志“书信”在电影里都荡然无存，这着实是一件不可理喻的事情！原著里老三用书信勉励静秋，“你很有才华，很有天分，但生不逢时，不能施展。你自己不能看低自己，要相信‘天生我材必有用’，总有一天，你的才华会得到社会的承认的……”正是这封言辞恳切的信，让静秋用柔嫩的双肩挑起生活的重担，在一次次面对生活的磨难时，烂熟于心的那封信一再激励着她，让静秋一步步实现着老三的“预言”……书中让读者感同身受的“老三日记”、写给静秋的信件等，在影片中全无踪影……

静秋与老三的恋情在小说里如涓涓细流，水到渠成。可在电影里却很突兀，导演安排了他们一见钟情，影片里老三俨然以静秋的家属自居，安排静秋去农家“野炊”，小说里最温馨浪漫的情节在电影里竟然如此俗不可耐。

红色的山楂花是小说里的信物，唯美纯情，电影里却安排了不伦不类的山楂果这一道具，而且还是涂抹在一个脸盆里。

其实，原著里除了讲述了一个催人泪下的纯真的爱情故事，还用幽默风趣但犀利的笔力，道出了“文化大革命”那个特有的开历史倒车的时代，人民生活艰辛、不易，比如，仅仅16岁的高中女生却承担了一家人的生活重担，残酷的生活现实让她很能干：不仅精通纳布鞋、织毛衣、编网套、做衣服这类的女红，还要像男人一样卖苦力挣钱养活一家人。而作为学生，她也是最优秀的，文笔好，成绩优异，能歌善舞，还是学校的排球主力……她是如此勤奋和出色，又是如此柔弱、倔强，我想这也是大她那么多岁的老三至死眷念她的一个重要原因吧！

当然，爱不一定总是有理由的，但在那样的时代里，静秋作为一个女孩子，所表现出的坚忍的优秀品质，是让她周围的所有人都动容的。而这种精神在影片里却完全变成了静秋只是为了图表现。于是我们看到这样的镜头，静秋为了政治表现好而拖沉重的板车，光着脚踩砂浆石灰水……看到这里，真是越看越不是滋味。

原著里有一个老得牙都掉光了的“铜婆婆”，为了照看相依为命的小孙子，为了得到一个零工的机会，不惜自告奋勇瘪着嘴唱情歌，最终“金榜高中”……像这样的配角，既幽默又深刻，本是原著里的神来之笔，电影里却无一席之地。

影片里所谓最干净的爱情，无外乎两个深爱的人穿着衣服搂在一起，哪怕置身一张床上，哪怕明明知道有一个人得了不治之症，哪怕再深深相爱，也得“纯洁”如此，也得在老谋子的安排下不越雷池……这不禁让人哑然失笑，当初拍《红高粱》的老谋子就是最大尊重并“体现”了人的本性，让红高粱里的男人和女人活了起来，从而让世界震惊，原来含蓄的中国人的爱也是如此酣畅淋漓……与小说原著里惊心动魄的“飞起来”的真爱比较，影片里显得像伪纯洁！

《山楂树之恋》永远活在读者心里，也许，小说原本更适合拍电视剧吧。这样一想，我又期待起来。

这个中秋，老谋子的山楂月饼味同嚼蜡。

《画皮》画外音

《画皮》号称“东方新魔幻巨片”，画面很精致，只是区区数秒的魔幻场景让“魔幻”二字大打折扣。但，这本非吸引我之处。

电影跟原著有很大差别。电影《画皮》将狐妖、王生和王生妻子佩容之间的三角关系变成了主线。此外，又加入了庞勇单恋王生妻子佩容、降魔者夏冰单恋庞勇、以及蜥蜴精单恋狐妖这样的三对三角关系，另还有大段的爱情表白，充满怜爱和表达情仇的肢体语言。无疑，“爱情”成为了影片的主旋律。

小燕子“赵大眼”赵薇通过该片实现了自身演技的突破，周迅实践着自己对角色的超越，甄子丹和孙俪对角色也把握得游刃有余。相比较，只有书生气十足的陈坤在剧中表演痕迹过重，人物把握略显生涩一些，但正是他饰演的王生角色却最具有考究性。

女妖小唯“拉皮变脸”的镜头，是《画皮》必不可少的场景。早在预告片里看过，没觉得怎么惊心动魄，反觉得有点儿像女人常贴常用的白色美容面膜纸。听说当年的《画皮》很恐怖，吓哭过胆小的观众。虽然我不爱看鬼片等恐怖片，但我还是抱着视死如归的精神，大义凛然地走进了影院。结果我心跳正常，毫发无损。全片中惊吓指数最高的莫过于周迅拉下皮后，显出黑魆魆的骨架，把人皮放在椅子上涂画。她脱皮的镜头是从耳后撕开肉皮开始，由头到脚将整张人皮脱下来，脱掉人皮之后，狐妖的身体变成一个黑色肉丝组成的人形状，目睹这一幕的王生妻子吓得惊叫不已。接着狐妖将人皮铺在椅上，开始用毛笔为人皮加色。整个过程只有十来秒钟，特技质感不够，完全没有想象中的恐怖。

狐妖小唯为了保持身上人皮的新鲜，不得不“掏心”并“吃心”进补。女妖“掏心”“吃心”，应该很血腥吧？但这个过程同样不恐怖，“掏心”只是狐妖把手放在别人的胸前，手腕一转，连血淋淋心脏的正面镜头都没有。而当狐妖第一次“吃心”之前，她的挖心助手，扮相时尚耍酷的蜥蜴精已经帮她将人心“切片”装在一个精致的木匣子里，狐妖拿起竹签用水袖挡着吃一小片，姿态之优雅，哪里像个青面獠牙的妖魔鬼怪？另一次“吃心”，更是只透过王生妻子惊恐的脸来表现，没有狐妖吃心的正面镜头，只是用画面外咀嚼的声音来虚拟衬托。注意到片中角色的情感表白调节了整部影片的恐怖气氛，所以《画皮》中的“掏心”和“吃心”的表现适可而止。我怕女儿会受到惊吓的担心，看来是多余的。

这部《画皮》里，我们看到了一只妖是如何学会爱的。从迷惑到窃取，到最后不惜背水一战，周迅扮演的这只白狐用尽了一只狐狸所能想到的所有办法，最后不得不因绝望而放弃。要知道，一只妖精要想融入人类社会，光画一张皮是不够的，她还得靠吃人心才能保持人形，更重要的是，它还得学会爱。严格地说，这是一只渴望得到爱的妖精，只是她没有真正懂得人间的爱。她以为爱就是喜欢，爱就是仅仅和心爱的人在一起，爱就是忍辱负重、甘心做妾，爱就是为他生为他死。她眼里只有孤立的一个他，她看不到他背负的责任、道义。

我对“陈坤”临死前对“周迅”说的那句“我爱你”，还有那只眼中依稀有泪的白狐，印象极深。这只白狐差一点就触到它想要的爱了，差的那一点也许它还需再等一千年，也许无数个一千年。如果那样，它就真的变成了“她”，变成了一个人——可是这有什么实质意义？我只是更愿意把它解读成一个关于“一只白狐如何感知、学习人间真爱”的故事。

吸引我走进影院的还有陈坤，实因他在海报里那眼神蛊惑人心。看过之后，不但这个初始没被改变，并且他演的王生从人格上吸引了我。王生是《画皮》中最复杂最人性化的角色，他也是这部戏绝对的重心，一切因他而起。

影片起初，大漠残阳的场景展示了王生的男儿阳刚气魄，为他后面的内心挣扎打下了“男子汉大丈夫”的印记。从王生的角度看，这是一部关于男人的思考与挣扎的片子。影片处理得绝妙的地方在于，它没表达那种“我乃圣人”的高调，也未捏造出一个心猿意马、见异思迁而完全不靠谱的男人形象。这是一个最具真实感的男人，为美色而动，也有本真人性的挣扎和坚守。有人说他可恨，“变了心还装好男人”。其实他并非在美色面前屈服，某种意义上讲，王生从未出轨过，也许他在潜意识里意淫，但是他旋即在意识上否定了这种“意淫”，就像一个人一闪念想做违法的事情，但立即又在理智中清醒起来。王生只是个有血有肉的普通男人，他捍卫了自己的人格，并努力去捍卫作为人的公共道德和人伦道义。谁能看见他内心的挣扎？谁能看见他悬崖勒马的贯天力道？别忘了，狐妖拱手奉上的不仅仅是性，更是真情实意甘愿以生命为代价的深深痴情，对男人来讲，这才是致命的武器。

有关王生的困惑，其实正是我们当代人的困惑。我们私下里见惯了王生的故事，谁没有两难的境地？谁没自私过、困惑过、挣扎过？甚至于，又有几人没出轨过（精神出轨也算）？在电影《画皮》里，生活中的人都有自己相对应的位置，对号入座后，难免暗自悲喜，也或叹息。所以，《画皮》借王生的困惑探讨当代人的困惑，这也可以视为是一个人性的课题。到底有没有答案？好在电影结尾的处理上，陈坤的表现，让我们看到了一丝希望，哪怕只是导演的一厢情愿。

而甑子丹饰演的庞勇对佩蓉的爱，已超越了普通的男女之情，那已上升为义了，是侠士对兄弟的爱，让人感动却失真。

走出影院，我看见朋友的眼角泪花盈盈。我知道，她是被影片里渲染的真爱打动了。而这一次，我却奇迹般没有一滴泪。难道我的心真的变得粗糙而坚硬起来了？我始终无泪，因为我没有找到人性话题上的终极答案。

《色戒》！色戒！

时令已是深秋，秋风萧瑟，传说中的《色戒》终于走进了内地影院。

我对电影《色戒》的要求近乎非看不可，并非因为电影上映前的那些神秘、诱人的前期宣传，而是来自电影之外的三大理由告诉自己，不容错过！

对原作者张爱玲的由衷喜欢为其一；对导演李安的信任从而对其近乎盲从为其二；而想知道梁朝伟的演技有无突破，并对新人汤唯的演技充满期待与玩味，则可视为理由之三。

首映当日，我迫不及待地首次准点下班，胡乱扒拉了几口老爸老妈精心准备的晚餐，还对女儿撒了个小谎（这么多年，亲爱的女儿和我一样成为铁杆影迷，每有好电影总是她忠实地陪我）。这部限制级别的电影已有言在先：少儿不宜！对不起了，女儿，这次，俺得单枪匹马赴会了。

直奔影院，我的座位号居然是破天荒的 2 排 8 座，实属无奈，皆因一票难求。犹记得《少林寺》在家乡的小镇电影院公映时，好不容易弄了一张票却是第一排一号座，头一直仰着，感觉电影里的李连杰武打时都在爬坡。昨日重现，“历史”有惊人的相似呀。环顾左右，皆是妙龄靓仔靓女，他们怀抱着一包包爆米花和一袋袋色彩鲜艳的零食，一边吃，一边叽叽喳喳。影院里如我这年龄的观众似乎不多，嗬，平添“醉翁”之感。

145 分钟后，随人流走出影院，我长久地沉浸在难以名状的触动中，如鲠在喉，不吐不快。

《色戒》色戒，色难戒！影片中的“色”当然是难以避免的。其实影片到了大陆放映时已剪辑得很干净了。那长达 11 分钟的性爱镜头已删，只留下几个若有若无的画面让观众去想象。

那就先说说汤唯饰演的女人王佳芝吧。

这个为了第一个钟情的男子——抗日志士“王力宏”，而不惜稀里糊涂献身的纯情女大学生，长着一张青春淳朴又近乎傻的脸，却有着一副惹火的身材，这种风韵十足的少妇身材对成熟男人才最具杀伤力，连狡猾成性、见惯风月的易汉奸也掉进了温柔的陷阱，差点送了卿卿狗命。

王佳芝最常见的装扮是得体的旗袍外套一件风衣，再扣上一顶别致的帽子。帽檐下是一双充满智慧的眼睛，剧情赋予了她女特务一般的眼睛。虽然设置了一个抗日的大背景，其实王佳芝是没有信仰的，她自始至终只是女人王佳芝。她完全是在为情所困，她一心爱恋着爱国话剧社社长“王力宏”。一个满是书生意气、怀揣抗日理想的女大学生，甘当麦太太去勾引大汉奸易先生，想来还是需要足够勇气的。虽然，是汉奸当可以“人人得而诛之”，遗憾的是，选中直接靠近易汉奸的王佳芝是没有经过任何间谍、特务训练的女大学生，说到底她也只是一个为爱情而活的女人。民族大义？也许她还没有考虑那么多吧。就只因为她是一个纯粹的女人，就只因为爱上了“王力宏”，使她走上了爱国之路，哪怕献出宝贵的青春和肉体。

三年前王佳芝在香港虽未得手，但铺垫得不错，三年后与易先生在上海重逢，爱火复燃，在决定成败的那幕暗杀戏中，事实上她自己被易先生的爱感动了。价值连城的六克拉的钻戒就是明证，她质疑不了这颗“鸽子蛋”钻石带来的感情，她终究只是女人。就在她心旌摇曳时，狡猾成性、做惯了特务工作的易汉奸警觉到了王佳芝的犹豫。而王佳芝道破天机的一句“走吧”，让易汉奸神速冲下楼去，如一颗子弹射入车里，成功逃脱……暗杀失败，功亏一篑，爱国话剧社成员悉数被捕，王佳芝这关键的一环出了差错，也是女人易犯的错！那一刹那对易汉奸的意乱情迷，导致暗杀计划破灭，把自己和最初的恋人都送上了虚无黑暗的不归之路……王佳芝，这个本没有坚定信仰的女人，只是悲哀的工具而已。

女人终是逃不脱一个情字，即使是有别于普通女人的女特务也不能幸免。当原爱国社五人就义时，他们照例被反绑着手背对观众，面对的是深不可测的矿坑和生死阴阳两极，王佳芝和王力宏饰演的爱国社社长，这对本应该在三年前就成为恋人的情侣，失去了手牵手的权力和机会，他们只能相互凝望、轻轻地凝望，而那凝望的眼神中不仅有一丝丝遗憾，更多的却是空洞迷茫的放松和解脱，和爱国无关，和爱情也无关……

只是王佳芝死时想明白了吗？她究竟爱的是谁？真正给她肉体快乐的却是她处心积虑要干掉的汉奸，而她精神上的恋人却指使她用肉体去靠拢、接近、征服、诱惑另一个男人。想来，那个年代丢失的不仅仅是国土和烈士的生命，丢失的还有那原本纯粹的爱情。王佳芝在最后一刻对易汉奸燃起的爱，唤起了那人性中的小仁之情，救了易汉奸的命，然而导致的后果，却是杀死了自己和恋人的性命，也杀死了心中一直未曾熄灭但也一直未曾真正燃起的爱国之心。

男一号，大汉奸易先生由香港老靓仔梁朝伟担纲。

印象中的梁是个清新、忧郁而略显害羞的人，而片中的易汉奸却是道貌岸然、不苟言笑的形象，那一脸严肃倒是像极了演员陈宝国。《大宅门》里的那个匪气十足的陈宝国和《汉武大帝》里的一脸骄横的陈宝国，其一张时时紧绷着的脸，和梁朝伟饰演的这个角色气质上极为近似。这个角色虽是道貌岸然，但真情流露之那一刻还是很感人的，甚至让人短暂忘记了他的汉奸身份，汉奸，毕竟也是具七情六欲的人。我不知道梁朝伟在演这部片子时是否参照了陈宝国的演技，但荧幕上当易汉奸刚出场的那一刻，我脑中便跳出了“陈宝国”这一感知，直至片终，依然亦是。

梁朝伟那一贯的“王者”风范和潇洒，唯可从一个镜头中依稀辨出的，那就是他第一次约王佳芝企图偷情，在那间小屋里，他幽灵般端坐在一椅子上用充满调侃的眼神看着在陌生的屋子里东寻西觅的王佳芝，恼得王佳芝直叫：“以后不许吓我！”而那时，漾在梁朝伟所饰易先生嘴角的那一丝笑，是属于梁朝伟本人的，而其他都像极了荧屏上的陈宝国。

梁朝伟与陈宝国貌似神肖，让我又不禁想到了《红色恋人》中的张国荣饰演的共产党领袖，做足了港台演员惯有的歇斯底里和大陆演员特有的“正义”化身……无疑，梁朝伟片中展示的演技是对他本人的超越。在片中，他用精湛的演技阐述着：汉奸首先也是人！汉奸虚无的精神世界也需要真挚的情感来填充，易汉奸活得高度压抑、恐惧，从他对王佳芝的施暴中我感到可恨的易汉奸又是那么的可怜。

这部演片的导演李安不能不说及。《色戒》最令我感慨的就是导演李安最大程度上尊重了原作者张爱玲。

屏幕上有这样一个画面在脑中定格：出现“三年后……”字眼的画面，一轮黯然失色的月亮冷冷地照着尘世浮生，却如一幅浓墨重彩的油画，凝重而深沉……看着电影情节一点点地推进，我依稀又在阅读原著。因为有张爱玲的《色戒》，才有李安的《色戒》。李安把对张爱玲作品的解读放在了王佳芝身上。张爱玲对胡兰成终不能释怀，哪怕胡兰成是一个帮助异族残害本民族的汉奸。小说《色戒》，寄托了作者的爱，也反映了作者在对汉奸的恨和爱中陷入了迷茫。

张爱玲在原作《色戒》里曾说过：“要想到达女人的心，就要通过阴道”。李安导演似乎领悟得淋漓尽致，姑且不说未删之前的长达 11 分钟的性爱场面，据悉李安在拍完《色戒》后当众痛哭流涕，他终于可以和主人公王佳芝一起如释重负了。李安兴许才是真正读懂张爱玲的人，试想张爱玲的小说里怎会有高大全的说教，她一心演绎的不过是她自己的经历和那个风行暗杀的民国时期的大上海。女人始终是感性的，是为情而活的情感动物，哪怕她是间谍、是特务，男人能真正读懂吗？毫无疑问，李安是读懂了的。

《色戒》里李安导演出的精彩是不露声色的，是在从人性的角度去阐述女人和男人的那些暧昧和禁忌。从这点来说，人性的好与坏，一旦和感情聚焦，则是不能完全一刀切的。

从影院回来，踩着金黄的落叶，我一直在想，李安也是感性的，与女主角王佳芝一样，或者更准确地说与张爱玲一样。也许正是这种难得的感性成就了他的辉煌电影事业。又何苦强行指责李大导演忽略了对于日本侵略造成的国家苦难和对于历史的反思呢？又想，也许李安导演压根儿就没想到过去表现那些战争和历史的东西，至于抗日背景，那仅仅只是一道虚设的模糊不清的背景，随着五位抗日志士的处决而越发虚无缥缈了……

唯有王佳芝脸上的那种淳朴而自信的神情，内敛却不事张扬的气息，还在我的脑海中萦绕。突然惊觉李安导演也是这样呀，脸上总带着浅浅的，似洞悉一切的微笑，甚至眼睛也是含笑的。走在这寒秋的夜中，这样的眼神也温暖着一位观众的心……

第二辑

悠　游

世界不在原地
在你一次次
出发的路上

绍兴春深

在梦里

乘着乌篷船，踏水而来

粉墙黛瓦、小桥流水、青石古道

波光浆影、烟雨长廊、古街深弄

你是幽远的一幅画、一首诗、一阕词……

——题记

一眼望不到头的一条石板路，一边傍着小河，一边依偎着青瓦白墙的江南民居。小河上架着形态各异的石拱桥，两岸垂柳依依。桥下不时有“轻舟八尺，纸篷三扇”的乌篷船荡桨而过……

指尖敲下“绍兴”二字，旋绕脑际的仍然是这幅定格的画面。绍兴，这个婉约的女子，这个江南的女儿，恬淡如菊的江南女儿，我该如何描摹和你的第一次邂逅，才不至于亵渎我心中对你的深深眷恋？

那是暮春四月，绍兴春深。

我们千里迢迢来到绍兴，寻觅鲁迅笔下的社戏、乌篷船、百草园、咸亨酒店，当然还有戴望舒的《雨巷》。虽然戴望舒不是绍兴人，但总执拗地认为他的《雨巷》是独属于江南的。

绍兴城不大，坐着人力三轮车穿街走巷，十分闲适而惬意。而这车夫恰恰又能充当导游的角色，这确实是一件锦上添花的事。这车夫能行家般地帮游人拍合影，并还不时指点，这儿的景色是电视剧《冬至》的剧情背景，那里的景点是《拿什么拯救你我的爱人》的拍摄营地。我和一同出游的海燕双脚刚踏上绍兴，就幸运地遇到了这么一位毛遂自荐的老者。

我们走在“古纤道”上的石板路上，新奇地品读着绍兴，生怕漏了一字一句，一街一景。

绍兴，被悠远的吴越文化浸泡过，被周氏兄弟的才情滋润过，慢慢走着，轻拂在脸颊上的春风，依稀带着呢喃般的吴侬软语的气息。眼前的绍兴古城，犹如一位久别重逢的故人；又宛如一块温润醇厚的古玉。

一踏进小巷，尘世里的熙熙攘攘便骤然间挡在了街巷外面，宁静而古朴的气氛，氤氲在小巷的每一个角落。温煦的春风带着无边的凉爽，轻拂着河岸边的绿柳，磨得溜光的麻石板一直铺向小巷深处，静默在水边的老屋和沉睡在水里的倒影相互辉映。那一刻，我们也融进了一幅江南水乡的水墨画里，顿时不觉今夕何夕。任由忠厚的绍兴车夫带着我们穿越古巷，也似穿越了深藏在古巷中的时空，与古城的千年美丽盈盈相拥。

脚下的石板路清莹秀澈，犹如西施刚浣洗干净的青色长裙，一步步让我们眼迷心醉。一路走来，青石板路面冷幽无声，我们的脚步越走越轻盈，似乎怕惊醒了在绿苔间飘浮的轻梦。

“山阴道上行，如在镜中游。”行走在有“水乡泽国”之称的绍兴城，心里忽然变得澄澈而透明。我们的双脚伫立在古巷的深处，那些古旧的历史符号，一个接一个迎面扑来，令人目不暇接。泛着古色古香的石墩石桥默然静立，伴着依依垂柳的小河在静静流淌，一簇簇爬满屋顶的绿色植物，一间间历尽人间沧桑的古宅台门，其间落下多少历史风尘？又记下几多尘世里的故事？白墙黛瓦，铜饰门环，木门木窗木栅栏，戴着毡帽的船工，悠悠而行的乌篷船……小巷两旁，古风袭人，水弯几曲，流韵悠长。走在石板路上，好像在阅读关于古城的一篇悠悠的历史长卷。

河水由近及远，从视野所不及的地方漫染过来，流水既像一条青蛇在巷弄里蜿蜒穿行，更像一个身穿绿裙的越国女子，舞动水袖，摇曳多姿。

偃卧如虹的石拱桥倒映一泓绿水，桥身爬满了绿油油的爬山虎，水上的石拱与水中的倒影合成一个天然圆环，乍一看，以为是一只翡翠玉镯，戴在这个水乡女子的芊芊玉腕上。几棵柳树公公站在岸边，想必也站立了千百年，“碧玉妆成一树高，万条垂下绿丝绦。”贺知章的神来之笔，该不是受了绍兴柳的启发？岸边的那些忠实的老柳，躯干虽见皴裂，但枝叶却苍郁繁茂，不乏勃勃生机。此情此景不禁让人浮想联翩，当年，这老柳一定亲眼目睹过周氏兄弟和少年闰土在这河岸边戏水打闹？也偷窥过还是豆蔻年华的小秋瑾在水边梳妆？甚至还听见过当年一脸童稚的周恩来望水发誓：“为中华之崛起而读书”？……老柳年年可发新枝，而一代代英才则一去不再复返，留下的只有他们的故事和他们不朽的文字。或许，还有他们的惆怅和担忧……绍兴何止人杰地灵？无疑，绍兴的河湾里充满了人间的柔情，绍兴的小巷里更是载满了厚重的历史。

听说故里书屋就在附近，藏在一条小巷深处，于是兴冲冲地寻觅前往，幸亏有当地老人热情地指点方才找到。不想却失望之至。倒是斜对面毫不起眼的“一朵一果”书屋让我们收获颇丰。咫尺之遥的“百草静舍”可惜围墙高耸，两扇乌黑小门紧锁。老先生到底是拒绝了我们殷切的造访，只有一根长长的绿藤从墙头调皮地探出头来，算是跟我们打了一个招呼……

将至黄昏，兴起，与海燕去坐乌篷船。恍兮惚兮，好似让人回到了几十年以前，如果那时候乘坐那轻巧别致的乌篷船，是不是就能邂逅周氏兄弟和少年闰土呢？我们的话语不觉中少了许多，渐渐只剩下沉默，但彼此心有灵犀，都随着头戴毡帽的艄公荡浆滑行而去。

途径鲁迅笔下的“社戏”，如今戏台空空，再也没有人会撑着船去看社戏了。此时，戏台的忠实观众，只有一艘艘横七竖八的乌篷船，唯也只能寂寥地停泊着，像个久远的丢失在风中的神话。所幸，不远处，谓爱情名园之沈园里，仍然在传唱着《钗头凤》。悲歌一曲，唱出了陆游与表妹唐婉的凄苦和悲愤，那是属于一个时代的千古绝唱，永远留在了沈园的爱情墙上。

渐渐暗去的天光透过暮春繁密的绿叶照进船舱来，折射到盈盈的绿波上，返生出一种宁静而迷离的绿影。清凉的河风也滟滟地荡漾着绿的微光。两岸的霓虹灯迫不及待地次第亮起，一会儿蓝，一会儿红，河道上就剩我们乘坐的一艘乌篷船在孤独地穿行，桨声特别清晰。一座挨着一座的白墙乌瓦旧式房子映水而立，风吹水漾，清粼粼的屋瓦倒影俏生生地在水里颤动着，如民国时期的蓝衫白裙的少女一般顾盼生姿。两岸民居的那些斑驳陆离的倒影在波澜微起的河面，柔柔地互为镜像，梦一般让人痴迷。

我不由心生感喟，若能觅一处像绍兴这样温润的小城安享余生，那该是怎样的惬意和享受？这终将是一个遥不可及的梦，我唯有将目光投向更远处，告诉自己，此时此刻，别遗漏了这些独属于江南的小桥、流水、人家，更别辜负了一座古城馈赠给我的这般美妙的时光。

春天本多雨，出发时，珠海春雨绵绵。原以为去的绍兴也会是一幅烟雨江南的景色，哪知天天丽日蓝天。好在无论走在哪条小巷，身边总现流水潺潺。老子说："上善若水，水善利万物，而不争……"一直以来，我总觉得和水亲近的人是善良的。而水韵，则能真正带给人类深度思维。绍兴清亮的河水，其不仅给历代的绍兴文人们注入了艺术的灵性，也让绍兴的人文历史在悠悠水韵中获得滋养！不必说绍兴古代的文种、赵晔、王羲之、贺知章、陆游，也不必说近现代的蔡元培、秋瑾、鲁迅、朱自清，单是从周恩来、钱三强、马寅初、竺可桢等来自绍兴的当代英杰身上，就可足见绍兴之人杰地灵，水韵之功。从小生长在沱江边的沈从文也说过，是水带着他思考的。不管是初来乍到，还是长期居住，绍兴都会让人骤然静下心来，哪怕只是凝眸望水，那份悠闲，那份散淡，那种温润的水乡风情，的确，让人什么都可以想，什么都可以不想。

入夜，坐在咸亨酒店，和海燕在八仙桌前排几粒茴香豆，揣摩孔乙己“茴”字的四种写法，慢慢咀嚼着三味书屋的三味：布衣暖，菜根香，诗书滋味长……

老板娘上了一壶绍兴黄酒，酒入杯中，微黄而浓厚的酒液散发着淡淡的香气。入口，清滑中带点稠烈，温腻间含着醇厚，或许是此酒后劲十足，抑或是酒不醉人人自醉吧，举杯饮下绍兴的千年厚重，一杯下肚，我已有微醺薄醉之意。索性，暂且做回江南女儿，醉梦绍兴烟雨中……

梦在丽江

云南昆明——大理——丽江，最后一站才是梦中的丽江。

虽说徜徉在昆明的花市、滇池，泛舟在大理的苍山、耳海，也飘飘欲仙了，但置身丽江的古城，恍如走进了藏在心底的那个梦境，似乎不相信这是现实，好像已退回了好几个世纪。

一进丽江古城，厚重感迎面扑来。一条色泽斑驳的青石路面，在幽幽地延伸着，似乎正在穿越古城的千年时空。一双脚，真真切切地走在一条古色古香的街面上，心里的满足感、愉悦感，顿然升腾……

漫步古城，宛如融进了一幅古朴、典雅和幽静的画里。纳西风格的老房子鳞次栉比，清澈的泉水穿街过巷，缓缓地不拘一格地流淌着，让时间也似在这里久久地迟疑、徘徊。

当你徜徉街头，尤其奇特的一幕便是随时竟然都有水在陪伴。或在身旁淙淙欢唱，或在足下默默潜游，心也似让这泉水清洗得澄澈透明。丽江古城就是一个充满“水性”柔情的城域！玉泉水自城东北黑龙潭涌出，走街穿户，顺势而流。这里的水，滋润着大研百花繁茂的绝妙美景，依山傍水的民居和街道，泉水环绕，曲经通幽。每家门庭，开门即河，迎面即柳，展示了“家家门前流活水，户户垂柳拂屋檐”的高原水城风貌。千百年来，古城之山光水色给大研古镇不断注入了新生的朝气，孕育出了家家户户蓬勃兴盛的希望。古城人用水十分讲究，名为三眼井，即泉水喷涌的第一眼井供饮用；下流第二眼井洗菜；再下流第三眼井就只用以洗衣服了。

一路上，一座座小桥如彩虹横跨小溪，绿柳垂荫，柳叶在清风中摇曳。导游告诉我，古城中心，由整齐繁华的铺面围成的一块方形街面，称四方街，它是大研镇的中心，象征着“权镇四方”。而“田方街”却是丽江有名的贸易市场，身着五颜六色民族服装的各族人民在此交易商品，是大研镇最热闹喧哗的地方。四方街街面宽广，主街有四条，向四周辐射。每条街道又分出许多小街小巷，街巷相连，四通八达。每条巷道，均由五彩花石铺就，雨季不泥泞，夏季不沾灰，显得光滑而洁净。四方街上，仍保留着古代利用河水定期清洗街道的装置，古人的环保意识可见一斑。

古城民居的特色是“四合五天井、走马转阁楼”。它们多以院子为中心，内向的庭院组合。厦子（外廊）是纳西民居的重要组成部分，融北京的四合院和当地土木结构特色于一体，即正房堂屋，两旁侧室，走廊宽敞，天井明亮，门窗多用精雕细刻的花鸟图案装饰，门楼修得富丽堂皇。

在古城幽雅的环境里，人的心境只剩下舒适和欢愉。在幽静的深巷里，不时看到身披七星披肩的纳西老人，或三五人围坐，悠闲地玩着一种古老的纸牌游戏；或三五成群，气定神闲地在古城中漫步；也或独坐在屋檐下，若有所思并享受和煦的阳光。古城里的人，似乎不理两岸的人家怎样来来往往，不理世外的风云如何变幻。在这里没有压抑，只有闲适。纳西人生在花的王国，酷爱栽花种草，几乎每家庭院都摆着盆景花卉，浓绿中闪烁着五颜六色的花草，并溢出醉人的芬芳。在敞开的院门中，你可以看到纳西人家庭院里的那些争妍斗奇的各式花卉，会让你情不自禁地吟出“满园秀色关不住，一枝玫瑰出墙来”。

一路走，一路感受的仍是古城的清幽。其实，古城有多重性。清晨，所见的古城似乎将醒未醒，那些无人的小巷，宛如清纯的少女，默不作语，也有似贵妇刚洗去脂粉，疲态犹在。上午，那些尚还未开始营业的酒吧，屋内椅子翻放在桌上，黑灯瞎火，凌凌乱乱。午后游人渐多，商铺也渐渐热闹起来。古城中店铺林立，各式商品琳琅满目，尤其是那些晶亮闪光的各式铜器及花样翻新、款式新颖的各色皮革时装，吸引着远方的游客驻足。

不知不觉来到“玉龙山人书斋”，店主是位慈眉善目的老者，正在专注地写着娟秀的小楷。店面不大，却挂满了书法条幅。有汉文的也有东巴文。老人是纳西族人，很友善地和我们打招呼，问我喜欢汉字还是东巴文。我说，入乡随俗吧，还是东巴文。老人说：“现在年纪大的会说却不会写，东巴文都快要失传了。”作为游客，我只知道东巴文代表丽江，代表纳西族。老人给我用东巴文写了“天长地久”的手写名片，我如获至宝。

等着天黑，因为内心深处还有一个小小的心愿没有实现。天色终于暗了下来……

临行之前，旅行社的一位朋友千叮万嘱必泡丽江古城的“樱花吧”。顺着静幽幽的石板街一路逛去，小河里已有几个怀春的女孩在虔诚地放莲花灯，那一刻，衬得夜色更有诗意。两旁古韵浓郁的店铺里是闲聊的店主，恍惚间，似穿越了时空，缓缓行走在明清的一幅画里。入夜，四方街上燃起篝火，响起音乐，人群围起来互相手拉着手，跳起纳西族的“东巴舞”来。跳得最好的要数那些纳西老太太，甭看白天慢悠悠的气定神闲，而跳起舞来则浑身是劲，就像正值妙龄的小姑娘。导游风趣地说：这哪里是跳舞，其实是在谈恋爱，那些纳西老太太和老爷子浪漫着呢！手拉手，说不定还有挠手心的小动作呢！

在夜色迷离的晚上，终于坐在了“樱花吧”的二楼雅座上。我们选择的是一处靠窗的位置，木窗外是一方静谧的夜空，习习山风吹来，把楼下潺潺的泉水声传至很远。看着古城里错错落落的旧式客栈、店铺，听着“樱花吧”里飘荡着的悠扬哀怨的小提琴曲《梁祝》，我的心也在若有若无地染上一种幽幽的思绪。

唤来店家，点了一碟油炸“水蜻蜓”、一盘“糍粑粑”，另外叫了一瓶啤酒。呈上来的油炸“水蜻蜓”，盛在青花磁盘里，煞是好看，但还是有点怕吃。据说油炸“水蜻蜓”是当地的特产，是从水里捞上来的蜻蜓幼虫，不过看着个头挺大的，和成年会飞的那种差不多大小。在导游的鼓动下，我勇敢地举筷，油炸过后的水蜻蜓真是又酥又脆又香。丽江除了水蜻蜓、糍粑粑外，还有一些特色小吃，比如冰粉、凉宵水和鸡豆粉等。

可惜与我对饮的只是导游。人生自古哪能事事如意周全？能这样醉在古城的怀抱，亦知足矣！酒吧街开始热闹起来，推杯换盏，人声鼎沸。还有流浪歌手抱着吉他挨桌助兴唱歌，那当然是要付小费的。浓妆艳抹的“丽江”趁着夜色真正登场了。在这里，导游说你想唱、想跳、想叫喊、想买醉、想寻求一段艳遇皆可，不必拘束，不必理会旁人的目光。那一刻，丽江的夜色是属于你自己的！你想什么，什么就是你的，这就是恣意的丽江。

这里生活的概念是非常简单的，就如同那些懒洋洋的成天晒太阳的纳西老太太一样，你会禁不住问她们：“你们整天这样，不觉得浪费时间吗？”老太太或也反问：“你忙忙碌碌活八十，我晒晒太阳也活八十，你为什么那么着急呢？”

丽江的柔软时光，只有在溶入她温煦的胸怀里，进入她律动的轨迹中，才能慢慢体味，如果可能，我退休以后，打算至少要在丽江待上十年。

酒喝一半，天下起小雨，且渐渐转大。莫非真要我感受雨中古城的别样神韵？

隔壁酒吧里飘来一曲流行歌手忧伤的情歌，正好配衬这样阴郁的天气。想着大石桥的黄豆面还没有尝过，夜宵便是它了。黄豆面是纳西风味小吃，面分三种，黄豆面、炸酱黄豆面和火腿黄豆面。其实都几乎一样，区别只不过是在黄豆面上淋点炸酱或撒点火腿罢了！面汤是酱油色的，有点酸，面条有点透明，黄豆非常香脆，是煮过后放油炸成的。大石桥小吃的生意异常火爆，经常人满为患。不过那天正巧下雨，店内没什么人。“像你这种风雨无阻的人毕竟还是少数呀！”导游打趣地说。

黑暗中，只有窗外淅淅沥沥的雨声。街上渐渐地没有人，古朴幽静的路上只有我和导游踽踽而行。两侧的纳西老屋静默地守着夜色，屋檐上滴落的水珠溅落在青石板上，发出滴答、滴答的声音。水珠自有它透明的快乐，说不定它正在琢磨着要花多大力气才能在这石板上留下自己欢乐的足迹。这几天在丽江，每天都有一阵小雨。这时节本是雨季，充足的雨水滋润着古城，也使她蒙上一层雾色。青石板路因雨水而湿滑，泛着更加青幽的光亮。

喜欢雨中的丽江，更喜欢夜色中被细雨淋湿的丽江！丽江的雨和她的河水一样，清亮干净。于是便有一刻，想象着自己，就是戴望舒笔下那丁香一样地结着愁怨的姑娘，撑着油纸伞，独自彷徨在悠长而又寂寥的丽江雨巷。

临行之前，那位旅行社的朋友告诉我，到古城要做十件事：一是去泡樱花吧；二是吃一碗黄豆面；三是喝一口丽江的井水；四是发现一条属于自己的小巷；五是看四方街的四张脸；六是站在远处观察一位丽江老太太；七是拜访一名隐士或狂人；八是有幸得到一张“丽江名片”；九是买几个不同类型的丽江粑粑，尝一口油炸水蜻蜓；十是进一个院子发呆。屈指一算，除了第七件事没时间去做，其他好像都沾边了，应该也算一了夙愿吧！

导游说丽江古城有“中国的威尼斯”“高原姑苏”的美誉。其实去那儿亲自走走，你会发现丽江古城不姓“姑苏”不姓“洋”，古城就是古城，这才是丽江古城的个性。

立园如诗

人生有涯。步履所至，很多时候是在告诉自己，那是一种阅读。人生确实需要进行更多的阅读。

就像“读书”的英译是Reading而非Reading Books一样，“书”仅仅只是阅读生涯中的主要对象而已，但阅读从来就不会囿于书本。比如，绘画、音乐和舞蹈等与人息息相关的事物，都给出了一种阅读人生的方式。当然，人类的建筑和大自然的风光是尤其值得阅读的。记得丘吉尔说过：“人创造建筑，建筑也塑造人。”它们往往比书本还要栩栩如生。

于是，在人间最美的三月，我欣欣然走进了心仪许久的“立园”。

立园也确乎像一本摊开的书。一栋栋中西合璧的别墅是“字”；穿行于园内的艺术长廊是“句”；园里的私家人工运河是“章节”；点缀园内的亭榭、花圃则是一幅幅精美的“插图”。透过它们，你不经意地就见到了这本名著的灵魂——“人”，甚至是已经仙逝的那些不朽的人。

立园的主人谢维立先生——一位二十世纪二十年代的旅美华侨，生于广东省开平。他耗巨资历时十载，兴建了私人园林的杰作：立园，同时也缔造了一种独特的中西文化合璧的建筑风格。而这风格让后来者一品再品而余兴不尽，慕名而来的仰慕者络绎不绝。归根结底，人们兴致勃勃地去“阅读”上世纪的一件建筑作品，一座藏在一个村落里的私家花园，那其实是在寻求某种文化共鸣，抑或是去接受某种文化启迪。我想，倘若如此，那难道不是所有阅读者的兴趣所在吗？

兼容并蓄的儒雅

立园正门，上书“立园”二字，柔中带刚，潇洒圆润，系由著名书法家吴道熔于民国二十三年所书就，而立园之独特的文化风景，在这“立园”二字上仅仅只是开了个头。

立园的主人，以前沿的创新意识和眼光，既秉承了东方文化的人文内涵，也吸纳西方建筑文化的精髓，典型地体现了多元化的文化个性。

谢维立先生本出生在一个名不见经传的小村落，但因立园，这个村落遂声名鹊起，美誉远播。至少我记住了得以让立园成为一个文化概念的载体——广东省开平市塘口镇赓华村。就是在这里，奠定了谢维立先生在中国古建筑文化中的历史地位，而谢维立先生之深厚的文化底蕴，从其所建造的立园身上，也可见一斑。

谢维立先生早年留学美国，后在美国经商挣得银子后，回到家乡历时十载大兴土木，以兴建梦中的园林。我想，当年踌躇满志的谢先生，着一身洋装，站在美国熙熙攘攘的街头时，或许是突然有一只叫“乡愁”的鸟，不远万里飞落在他的肩头，召唤他回国完成此等壮举的吧！

立园的主人该是《红楼梦》的忠实读者，占地约 19600 平方米的立园，它的建筑风格总体上以“大观园”为参照，一方面吸收中国古典园林的建筑艺术，也巧妙地吸收欧美当时流行的别墅建筑特色和东洋装饰艺术，并把它们和中国的建筑风格加以融会贯通。我粗略地历数了一下，仅涉及的不同建筑风格即有如下者：中国的“大观园”式、古代皇宫宫殿的重檐式、日本寝式、意大利藏式、罗马宫式等别墅建筑群风格。而不同的装饰特色则有：意大利彩色石、联邦德国的钢制打虎鞭、法式壁炉和美国的卫生间设施：如抽水机、浴盆、坐厕、水箱等，要知道那是 1926 年。

当然，耗资是巨大的。毫无疑问，在这里一切以奢华为支点演绎建筑文化，但这些白花花的银子，有别于妇孺皆知的和坤之类贪官污吏所搜刮的民脂民膏，谢先生是用中国人的睿智挣了外国人的钞票，又毅然回到家乡的小村尽情尽兴地书写一个中国儒雅文人的家园之梦。

立园的布局，大体可分三部分：大花园区、小花园区和别墅区。三个区用一条人工运河分隔，再用桥亭或通天回廊将三个区又巧妙地连成一体。园中有园，景中融景，布局幽雅的亭台楼榭，可见园主的匠心独运。如今，宛如艺术品般的建筑群让人驻足流连、欣赏和想象。

在最豪华的别墅“泮立”楼顶层，有谢维立先生祖先神位的设置，其独异的构筑工艺显著与众不同，其神龛对联上赫然书写着：

宗功伟德兴民族

祖德丰隆护国家

哪怕身着洋装，作为一介儒生之谢先生，怎能改变内心深处的那颗中国心呢？对于人生之最初受过孔孟之道启蒙的谢先生，即使漂洋过海，喝足了洋墨水，但内心里深藏的仍确乎是报效家国之民族情怀。有钱的中国人从来不缺，但能把钱花得有品位、有价值，这样的人，鲜也。

一山一水的讲究

立园牌坊，南隔人工“立园运河”，与一座“虎山”遥遥相对。

“虎山”之得名，据悉乃远看像一只仰天长啸的猛虎，也或是一只假寐的卧虎。我一直没看出究竟，好在这些对我一点也不重要。重要的是 1926 年谢先生请的风水先生可能为此费了一番脑筋。

于是，气势恢宏的牌坊左右两侧，就有了园主人从联邦德国定制的高 20 米，直径 30 公分的两根长圆形“打虎鞭”，其朝向着虎山巍然矗立，像是要镇住“猛虎”的淫威。

这里有一段凄美的爱情故事。园主爱妻难产早逝，主人痛不欲生。一直坚信“人定胜天”的他，方晓也有“人不能胜天”的那一刻。原来恶虎也似嫉妒这人间美眷，蓄意制造悲剧。于是在哀伤中，园主顺应当时当地的民俗信仰，祈求一方风水宝地（对了，顺提一句，在广东待了十几年，感受最深的就是这的确是一块迷信的土地），以克“虎山”作怪。其实牌坊左右两侧，早蹲着两只雌雄各一的雕刻精细的花岗岩石狮子，可偏偏小巧玲珑了些，哪里有镇住恶虎之势？故在爱妻逝后，谢维立先生让园林里一举竖起

“打虎鞭”。“打虎鞭”千里迢迢来自遥远的德国，也足见建造立园的主人谢维立先生之势在必得的豪情壮志。后据说，天遂人愿，谢先生子孙满堂，家运昌盛。

立园本无河，立园主人大手笔开凿了一条人工运河。运河最早的设想是为了方便出门。谢维立斥巨资开挖了一条长近 20 公里、宽 11 米的人工河流，将立园与潭江相接。当年建造立园所进口的水泥、钢材、钢鞭、意大利石材等，都是经由香港，然后再从这条人工运河运回安装的。

如今运河里河水清冽，成群结队的鱼虾在河水里嬉戏、畅游。游客赏玩其间，心旷神怡。

凄美真挚的爱情

不经意间，你就会留意到大花园的西南角有一座塔式别墅，名为“毓培”。

这幢别墅小巧玲珑，虽无“泮立”“泮文”两幢别墅的华丽壮观，但最具匠心，因为这里存放的是谢维立先生难解的千千情结。

“毓培”别墅自建成之日，便无人居住，因为它的女主人早已闭上了那双曾经慑过谢维立先生心魂的美丽眼睛。

这幢别墅据说只有园主人谢维立先生能亲自造访。夜深人静时，谢先生在屋子里默默地追忆、哀悼爱妻——谭玉英女士。

谭玉英是谢维立的第二任妻子。据悉，原配是立园管家之女，遗传了其父的精明能干。他们的结合是典型的媒妁之言、父母之命，那时的谢维立大抵还是青涩年华，虽未解男女之情，却稀里糊涂地做了新郎。

而遇上谭玉英小姐，便注定了谢维立先生拥有了一场石破天惊的爱情。

谭小姐国色天香，从她老旧的照片上，还能想象出当年让谢维立一见钟情的魅力。也许谭玉英就是谢维立心中的“林黛玉”。这天上掉下的“谭妹妹”深谙琴棋书画，堪称才貌双全，“毓培”别墅的二楼客厅里悬挂的谭玉英小姐亲手书就的对联如出自男儿之手，潇洒遒劲。

男人一生中总有最挚爱最钟情的女人，对于谢维立先生而言，谭玉英恰恰即是。谢维立先生当时也是风华正茂，情窦初开，而谭玉英亦是多情佳人。她巧手绣制的香囊及亲笔书写的绵绵情书，令谢维立更是心驰神往。十八岁终于美梦成真，谭玉英嫁与了谢维立。谢先生对谭小姐的宠爱也是无与伦比的，特此为她修建了一间“花藤亭”——米黄色全通花的意大利式水泥建筑，形如花冠。这里洋溢着温馨和浪漫。

让我们稍稍闭上眼，即可感受那一刻的融融春日和恩爱情缘，玉英小姐婀娜莲步，移至亭内，亭子的顶端就像一顶皇冠，“皇冠”上缀满了各色奇花异卉，犹如给玉英小姐戴了一顶花冠。亭内中央建有一池，却非“鱼池”，专养象征长寿的巴西“龟”，“龟”谐音“贵”也，“花开富贵”之意，可见谢先生的一番无价美意。

再移几步便是石米罗马式建筑——“鸟巢”，待百鸟归巢时的黄昏，才子佳人移步二楼的“晚香亭”，相拥看落日。而“晚”字在清晨又恍若变成“晓”字，故，又叫“晓亭”。

可惜，天妒红颜，嫁为人妇方一年好光景，19 岁的玉英因难产而逝，留给谢维立先生的是一生的哀痛，大把金钱又有何用？美景只会触景伤情，谢维立便在哀痛中再建了“毓培”。所建“毓培”用尽了他所有的智慧：此别墅正看似乎只有两层，侧看却是四层，四层分别为仿中国古典、日本寝式、意大利藏式、罗马宫式，地面的意大利彩石巧妙地构筑了四个连在一起的“红心”图案，“心心相印”的难舍之情永远留在了谢维立的心中，哪怕爱妻已长眠于地下。

瓦檐四角悬挂响瓦，风吹瓦动，悦耳之声犹如风铃，这阵阵风铃传递的是主人的绵长哀思？富贵如谢先生，唯其人生的至哀至痛亦如常人也。

浪漫诗韵的点缀

比喻虽然不能绝对化，但在阅读立园中，我总是情不自禁地把立园从文学审美中抽象出来。如果说立园初读像一本书，真正会意了，才恍觉书里题写的就是一组隽永的诗，一组充满浪漫气息且不乏审美情趣的诗。

立园的浪漫性，和它的主人一样。既取决于它的外在仪表，比如，中西融合的别墅造型、浪漫凄楚的爱情故事，又取决于它的内在气质，比如，回廊上精笔细描的让人叹为观止的人物故事及虫鸟花草，房间悬吊的古意盎然的灯饰，摆设精致的酸枝家具等，不言而喻，往往后者的“气质”决定前者的“仪态”。

面积达260平方米，四周用洗石米砌成，栏柱顶采用倒莲装饰的晒书台，是立园最具文化风情的地方。长180米的艺术长廊，展示了开平独特的民间壁画艺术。镶刻其间的有名家的书法、对联。此外，古罗马式建筑“鸟巢”、美国机械化饲养的“鸡舍”“狗舍”，以及云眉广场等，都是浪漫诗韵的小小点缀。

园内遍植名花异草，风景树、材用树、果木树等，应有尽有。现在的立园已是古木参天，绿树成荫，翠掩亭榭，繁花满园。在一个鸟语花香的日子里，置身园中，就如我这刻，已被淹没在一派别具一格、魅力无限的园林风光之中，意犹未尽的感觉连连袭来，园中的一草一木，都在让我沉醉其中而流连忘返。

夕阳西下，立园运河中的河水，正静悄悄地从我的身边流过。在夕阳中熠熠生辉的立园，似乎成为了我心中的一首诗，那是一首振兴家业，报效家国的建筑之诗，那是一首用才情和柔情写下的浪漫隽永的建筑之诗……我不禁遐想纷飞：大洋彼岸的谢维立先生如果泉下有知，可曾也在梦里，记起并一次又一次吟诵自己当年衣锦还乡时写下的那首不朽的建筑之诗，抑或也是人生之诗？

三峡秋声

1

这个秋天，喧嚣来得有点猝不及防。

当然，喧嚣是必然的。校园里的九月，本来就是异乎寻常的热闹。九月，对于老师和学子，永远是手忙脚乱的一月。只是我没想到，就连午休的片刻，也会做着各种各样纷杂而忙碌的梦。自然，心，也就在九月的喧嚣里渐渐疲惫了起来。

秋天，女人的秀发越发长了，飘飘悠悠的发丝依然柔顺，但不再是一律的黑。趁着喧嚣伺机疯长的白发，虽然有点触目惊心，一旦秋风远远吹来，长发随风飘扬之际，也会感觉心旷神怡，更会觉得岁月在秋天里变得和长发一样，悠长而飘逸。而欲让长发随时飞扬起舞，以舞动秋日里的那份殷殷的情怀，又莫如一河江水，莫如四面江风，就这样，不经意就和三峡撞了一个满怀。突然很想很想站在那梦里的甲板上，吹着江风，让高高飞扬的长发和三峡的浪花一起飘舞。

长江三峡，梦中的三峡呵，就在那一刻撞进了我的心房。如期而至的长假，成全了我秋天里的那一个姗姗来迟的梦。

喧嚣吧，就让九月的喧嚣来袭击我、淹没我……十月的长假里，自有我的三峡风牵挽于我，或者，将我带到人群中欢笑；也或者，带我到荒无人烟之处，尽情地孤独，甚至痛哭一场。

2

我们的游轮在瞿塘峡穿行……

或许，天性喜欢流水和清风。它们有着时光一样的特质，此刻，我居然可以触摸到它们。

陡峭，使三峡的身躯缓缓升高。

曲折，使三峡的柔情百转千回。

顺流而下，游轮已过万重山。

石岩叠翠，我默默地细品。据说，悬岩之上存有千古之谜——悬棺。岁月曾有太多的沉淀，无情的时光又将一些真相悄然抹去。

那一刻，映入我眼帘的是一座座临水而居的自然村落；那一刻，便想庄重地问候一声每一户三峡人家。在那袅袅炊烟里，骤然升起了我心中的缕缕乡愁。

洁白的羊群，在两岸缓缓游移，如白色山花般明丽着游客的眼。古树的枝杈从幽暗的山崖里伸出，试图拥抱明媚的秋阳。

山间的紫气隐隐约约就在身边弥漫、萦绕……

昨日分明是中秋，两岸的山还是这么青，青得微凉，也青了我的目光……

然而，不见瀑布垂挂，未闻山泉叮咚……

是谁把两岸的青山染绿?

是三峡的江水，是岩缝里的青草，是草叶上晶莹的水露，是云雾中、悬崖上白绸般飘飞的云儿……

三峡的水，从不间断地滋养着山的容颜，也供养着河岸、大地。两岸山川默默地吮吸，也默默地泛绿。

3

白帝城，永远矗立在李白的诗里。

白帝庙里隐约传来刘备托孤的耳语，风雅竹枝园里，诗意盎然。李白、杜甫、刘禹锡、白居易、陆游……那些古诗歌文明的符号，分明还在山水画廊里闪烁跳跃……

在白帝城里游走，也似翻阅着一部诗词的启示录。

不觉间，游轮行至夔门，危岩壁立，山石峥嵘。无怪乎，郭沫若曰：“若言风景异，三峡此为魁。”

在这里，不期和一棵千年古榕邂逅。

树下有个扎着羊角辫的小女孩问妈妈：“这是长胡子的树吗？”

是的，气根是榕的胡须。黑褐色的胡须从空中垂落，许多仿若树根，粗大的气根纹丝不动地扎进泥土。偶尔刚长出来的胡须轻轻一漾，那是榕在冷静地思索。

秋阳将丝丝缕缕的气根染成金色，一只江鸟飞来，啄理着榕树的美髯。又一只山雀飞来，荡起了游人心中的秋千……

不远处，快乐的鸟儿，挠痒了枫树枝头上三两片即将红透的枫叶……

一片枫叶悄然落下，此时无风，只是时间碰了它一下。

我俯身拾起这片在秋日里飘零的落叶，把它夹进我随身携带的书里。这是三峡送给我的最好的书签。

此刻，时间伶伶俐俐地从我身边掠过，无声地附着江水，随风、随浪流逝而去……

山风浩荡，游轮在峡谷里继续携风穿行。

我站立在甲板上，尖锐而执着的江风，顷刻灌满了我的风衣，我的长发逆风飞扬。

4

从游轮下来，换乘龙舟。抵达九畹溪时，剧院里正在上演着关于屈原的剧目。演员们用秭归方言演绎着《山鬼》《天问》和《离骚》。一棵树攀附在悬崖的枝头上，而一颗心，那一刻却在枝头上滴着血。长江之水清兮，屈原，不朽的屈原，年年岁岁，尘世都在聆听你的呐喊。愿你超生为一尾上下求索的鱼，循着历史的长河来回游动；也愿你随着穿越千年的鼓声，不停追问。

苍天在上，你忧愤的叩问声，在九畹溪历久不息，响彻寰宇……

谁也不理睬我和两岸青山的对望，暮色来袭，似乎在和我们这些来自天涯海角的朋友吟别。

游轮拐弯处，江鸥脆鸣，那是在对我们真挚道别。而我，则把一些躲在我的脸颊后面的笑意，轻轻地收藏起来……

第二天，我早早来到甲板上，只有我一人，独自迎接着黎明的第一缕晨曦……那是用三峡的水光山色所浸染的晨曦。晨曦中不止装满了三峡的那一个灿烂的秋天，也装满了一个关于三峡的梦。

呵，谁的梦如江水这般绵绵？谁的魅力让你一路聆听巴风楚韵？

我怀揣一朵白云而来，长江三峡，只为虔诚拜谒。

默默地让灵魂裸露于岁月长河的三峡呵，静静地仰望日月星辰千年万载的三峡呵，你是否退出三界之外，编织神话般的故事，留一个宁静、淡泊、豁达的启示给读懂你的知音呢？

多少年后，或许江水依旧，峡谷依旧，鸟声依旧，涛声依旧，而我却不知魂归何处。

三峡，我本携一朵白云而来，归去时，你又赠一片白云于我怀。或许，这母亲河的水，真有博大的胸怀抚慰疲惫的灵魂……

5

又回到南方的栖身之城。耳畔喧嚣依旧。

即使中秋已过，阳光依然灼热。对于这样的气候，我只好刻意躲避阳光。入秋以来，我仍只在拂晓和夜色里穿行于尘世之中。

我知道，借着黑暗，无须强装微笑，无须粉饰我淡淡的幸福。感伤中的我，比较生命固有的厚重，似乎越来越些微，越来越渺小……但，即便是在悲秋伤春的季节，希望，以及所有和希望有关的东西，却依然如梦似幻，顽固地点缀着我的生命。甚至觉得，生命中的那些如花似锦的画面，并没有离我远去……

我仍固执地记得，我站在甲板上的那刻，迎着江风而立，吹得有些寂寥。看那些一掠而过的山影，犹如晤面那些在时光中隐退的沧海古道。那些镌刻上了千载沧桑的历史容颜，该留给了人类多少关于生命的启示？

突然想起了海峡那边的一位流浪者，她曾穷其一生寻梦，梦中的那棵橄榄树，似乎就是为了诠释生命中的流浪而存在。她用有限的生命，演绎着生命里的那些基本元素：漂泊、孤独和寻觅。同时，也通过那些基本元素，丰富着有限的生命及其价值。也许，将来我也会去寻觅她所到过的每一个地方。精神领域里，我们本属于同一条生命线。三毛，永远的三毛！似有预感，我将沿着你的方向，流浪，或者皈依。

犹记得，一路三峡行，我总习惯站在甲板上遥望天际，守望夜空。三峡的夜空在静谧中散发着悠远的馨香，那缕缕馨香，是来自人间的烟火？抑或是来自皓月里的桂树？也许，兼而有之吧。

静静的江水缓缓地流，唯有那点点江鸥，在梦里，一声声轻啼……

呵，独属于我的三峡，独属于我的秋声……

品读岳麓书院

缘起邂逅

千里归乡路迢迢。

迎着温润的晨风，归乡的车飞驶在北上的京珠高速上。车里有稚童欢声，还有我，一位归心似箭的返乡游子。那刻，白发的父母应该在故乡翘首以待了！家乡啊，我们已经踏入粤湘大地，正在奔向您的怀抱。

一路上，早春的气息扑面而来。

勤快的农民早已按捺不住劳动的激情，埋头耕田犁地，犁开的春天气息浸入肺腑。茫茫山野，虽然仍是万木凋零，但在一片枯黄死寂中，骤然惊见一树粉白粉白的樱桃花正在奋力绽放。还有杏黄杏黄的山胡椒花、粉嫩粉嫩的迎春花，也在静悄悄地展开姿容，这些怎不让风尘仆仆的归乡人精神为之一振?

春天的花似乎总是这样，无须大片绿叶的陪衬。寂寂寥寥，却又热热闹闹地，更显卓尔不群。而那原以为梦里才有的大片大片金黄的油菜花地，尤让疲惫的游子心头一暖，倍感亲切。

于是，我们的车索性兴起而驻，兴尽则行。没有了刻意赶路，反倒释然。人生如旅，红尘中你我亦是旅人，何不做个潇洒自在的旅人？走走停停，停停走走，行时看窗外风景，停时访名山大川。不期，在长沙与岳麓书院惬意邂逅。

初品厚重

岳麓山为南岳衡山之足，故名，自古就是文化名山。而古代读书人的文化梦想和精神家园——岳麓书院正庄严地铺排在岳麓山脚下。

“一松一竹真朋友，山鸟山花好弟兄。”书院的读书人是幸运的，这里的自然景观与名胜古迹交相辉映。

岳麓书院是我国古代四大书院之一。1015年，由宋真宗亲赐的“岳麓书院”四字，一直悬挂至今，由此也奠定了书院独有的尊贵气质。历经千年，仍弦歌不绝，故世称“千年学府”。

书院最初是寺院，喜爱清静的佛家弟子交给文化人，而与政府官员的屡屡碰撞，又使书院插上了翱翔的翅膀，让它在漫漫风尘中笑傲天下……

我默默地在书院长长的碑廊里徜徉，琅琅书声似穿越千年时空在庭院廊榭间回荡……不由想到：历朝历代的读书人，均能在对书院的顶礼膜拜中，获得灵魂上的净化和人生的快慰吧？

书院的故事，就是读书、讲书、悟道、讲道、证理、明理的故事。从这里走出的读书人，其生活的激情和报效家国的千秋功业，都源自书院最初的文化恩泽……

而书院的故事，又何尝不是藏书的故事呢？巍峨的藏书楼上，三个镀金的大字，自豪地昭告天下：御书楼，这里的藏书足以让瞻仰书院的读书人，与历史上历代杰出的贤人学家们在书里书外会意，进而受到书院文化的启迪。

书院里左边是祠堂，右边是讲坛，祠堂里供奉的是万世师表：孔子。我既为人师表，虔诚地上炷香吧！

再品霸气

一进院门，赫然看见在门楣两侧，霸气地悬挂着“唯楚有材，於斯为盛”八个苍劲有力的大字。顿感觉，历经千余年的文化演变，从历史深处走来的岳麓书院，正在将其骨子里的骄傲昭示于世。眼中不止是一方青史留名的院落，书院里的那些活色生香、意蕴无穷的人文典籍，更似一幅幅历史画卷被层层抖出……

一座宁静幽远的书院，容下的是波澜壮阔之千年的文化历史！

跨越时空，仰望璀璨的星际，闪闪烁烁的星座，该照亮了多少微不足道之生命的个体！而一座培养读书人的著名书院，一座名扬海内外的千年学府，也让多少英才从这里造就？

历史上，朱熹、张轼会讲，开中国书院讲堂之先河，并曾创下三天三夜不下讲坛的神话，而听讲者络绎不绝，直至饮马池的水被悉数喝干，这便是文化的魅力！

无论是朱熹、王阳明这样闻名中外顶级的理学大家，还是如王夫之、魏源、曾国藩、左宗棠等声名显赫、名垂史册的文化俊杰，抑或是创造历史的一代英豪，如毛泽东、蔡锷、蔡和森……哪怕仅仅只出那么一位，也足以让这座让人叹为观止的书院，光耀千秋！这就是岳麓书院的凛然霸气。

而当今的读书人、文化人在书院登台讲学布道的欲望，从来就没有停止过。余秋雨、黄永玉、傅聪、余光中……这些当代的文化精英们，仍然在秉承书院的文化宗旨，传道而济斯民也。

阅读历史的人踏着瓦砾，从繁华走向孤寂。而那孤寂，何尝又不是在孕育着繁华呢？

三品守护

追忆往昔，岳麓书院既有过弦歌不绝的历史渊源，也有过在战火废墟中，文人爱书之激情被扼杀的遭际。几许文化炎凉，几度破败时光，岳麓书院之起起落落，不闻书声和不见学子之文化冷遇，也常让人扼腕叹息，唏嘘不已。唯其和书院的辉煌历史一样，也留在了书院文化的复兴过程之中，岳麓书院之前世今生，当让后世永远铭记。

而今物欲横流，人心不古，宁静致远的书院，还能担当起修道的职责吗？文化只有在传承中产生，在追索中升华……做文化的守护人，是历史对读书人的诗意要求。

毋庸置疑，多少年以后，仍将有人为文化而守候，而岳麓书院仍将为所有杰出的灵魂敞开胸襟，以它千年的豪迈，继续书写一个又一个千年，乃至千万年……

我痴痴地望着正在书院八景之一的“竹林冬翠”里嬉笑玩娱的九岁小女。默想：嘴里不时蹦出哈佛大学的幼稚孩童，不知能否领会父母带你来书院的殷殷心意和切切期许？那份文化的厚重感，只有等你长大了再慢慢去领会吧。

又该继续前行了，回首凝望，再见了岳麓书院！再见了那棵傲然挺立的千年古樟！回眸的那一刻，我终于还是忍不住：不朽的香樟，就让我来抱抱你吧！

香樟树很粗大，像我这样的成人，要六人携手方能合抱。我清晰地听见，香樟树的叶片在早春的风里哗哗作响，那似乎是在向我们依依道别……

行走的灵魂注定有固守的家园，我行走着，亦品读着。在我品读岳麓书院而不忍离去的那一刻，我看见了那棵香樟树，正在早春的风里默默目送我们。那一刻，一棵千年古樟和一座千年书院，一同成为了历史的坐标，它们永远留在了我行走的灵魂中。

诗城，与一枚茶的对视

1

茶，吃到第二杯了。

会议中心一个淳朴的安徽姑娘来续茶水。色愈加绿了，味也愈加浓了。

我的心思，也似乎全都集中到这杯中之物上了。

“诗城”的茶果然别有韵味。

就这样一杯一杯，终于色浅了，味淡了。但终究也还是茶。

倒掉残茶，本想再喝一杯纯净的热水，却意外惊见杯底有一枚茶叶固执地滞留，形似一尾淡绿色的“小鱼”。

这枚不肯随波逐流的茶叶，便在这个时候彻底虏获了我的眼眸。那般淡定自若，那般不疾不徐，那般大智若愚，如一尾自在逍遥的鱼儿从容着自己的游走。

我几乎是目不转睛地盯着白水中的这枚茶叶，她是那么娴静，在纯净的水中顾自舒筋展骨，遗世独立，恬适自得，与世无争。

与这枚茶叶的静静对视，让我几乎忽略了周遭的一切声音。

人生充满了禅意，我没想到竟然是这枚不期而遇的茶叶，让这次行走充满奇趣。

奇遇总在平凡的欢乐抑或痛苦中艰难地衍生。当你意识到茶的浓淡，那么你就不会忘记了缘分本身的一个自然产生的过程。

2

2012 年的最后月份，值大雪节气，我将抵达一个城，那是一个谓之“诗城”的地方，去赴一场未知的心灵之约。

飞机舷窗外，掠过几朵白云，一句诗倏尔浮现脑际：“每个人都是天边一朵云，如果云知道，你理当知道应该知道的一切，而且不需要感恩。”

2012 年那一刻的“诗城”上空，就覆盖着一朵又一朵云彩。只是云朵里蕴藏的玄机，谁又能读得懂呢？

我起程的南国，居然艳阳高照，而抵达的那座北方的城，也依旧无雪。

一路北上，只是一呼一吸间，潮湿的空气由南自北，渐渐清冽而爽朗起来。人生，总该有一段只属于自己的旅程。这样想着，便安然起来。

抵达那个城是下午四点，刚刚在空中俯视的那座城还静静地躺在地上，即刻间，眼中的城市便鲜活起来。接我的小车穿过闹市拐向郊区，车窗外迅速逝过似曾相识的静默的农田，垂覆在城市之上的苍穹渐渐地印满暗灰，这时候，如果有一场漫天大雪该多好！可这老天，分明没有配合节气的意思。

这北方的城，没有想象中的冷。

年会上的人是热忱的，满眼的笑脸，满耳的寒暄。但年会的辛劳，也或者辉煌，毕竟都是别人的，我和她，两个投缘人，趁休息的空儿，偷偷地溜出了会场。

她怯怯地问“看上去”颇有主见的我：“飘飘姐，我们有地方去吗？”

依稀记得，热心的阿紫给我描绘过，酒店后面有一片茶园，据说，还有馥郁的白色茉莉花正在静静地开着，是否等着我们去采摘？不由分说，拉着她的手直奔酒店侧门。我们沿着酒店后面左端狭长的小径，径直向茶园走去。没想到，还没到茶园，一大片衰草便拖住了她的脚步。她孩子般哇哇大叫，指挥着我当她的模特，她自封为我的御用摄影师，两个小女人贸然闯入枯萎的草坪，犹如闯入了枯草们宁静的梦。

转身，茶园终于以它博大的情怀和满目的苍翠，接纳了我俩。山巅上，一片烂漫的景色令人振奋。两个孩子般的女人活跃在茶园里，如蝴蝶般翩飞。

3

穿过茶园，拐向一条山路。

眼中，一汪碧绿的湖水，一座湖水上的小木桥，还有一条铺满斑驳落叶的林间小路，都在诱惑着我们的新奇。此刻，冬阳的余晖正在绿莹莹的湖面上凝思。一种近乎暧昧的潮气布满了林间。我斜靠着一株饱经沧桑的古树树干，空气中饱含着树脂味的气息轻轻袭来，细细品尝之间，是一种略带苦味的草木香。林间慢慢吐出逼人的凉气，微风摇曳，枝叶便乱拍着而响成一片呢喃的私语。在这一瞬间，草叶低下头来，发出潇潇的哆嗦声。微凉、萧瑟围绕着林间的草木久久不散。地上不知名的落叶覆盖着青色的苔藓，一大片、一大片的枯叶在随风追逐。

如果是一个人，到了这时候就会沉浸在莫名的忧伤里。但我们是两个人，两个一拍即合的女子，两个自得其乐的女子。一个来自北疆，一个来自南国，却毫不妨碍我们情趣相投，一见如故。我们大呼过瘾，随即互为模特，互为摄影师，旋即都融入了飘过心灵的风景之中，一幅幅浑然天成的山水画中，有两个凡俗间的女子正陷入沉醉。

在诗城郊外这条静静的林间道上徜徉，骤然使人想起幽谧的梦境……

“好多人从幼年起，诗歌的灵魂就在胸中燃烧，我们都体验过那美妙的激情……”这是我说的吗？

“诗能沟通心灵，我想世界上一定还有许多陌路相逢的人，因为诗歌，成了朋友。比如李白和孟浩然，比如王维和元常……再比如今日的竹雨和衣袂”。言谈间，我们在林间执手相视大笑。

那一刻，我情不自禁扑向一棵古木，在我和古木拥抱的那一刻，她说，我像极了一只树獭。

“然而，等有一天，如果你忧悒而孤独，请念着我的名字……”

好吧，竹雨，听你的，那一刻，甘当一只树獭吧！不承想，竹雨手里的相机把那一刻凝成了永恒。

一任目光，自由地掠过静静的湖水，还有那条安静的小路。

4

总有一些树叶不知依仗什么神奇的力量，虽干枯发硬但仍还能挂在光秃秃的枝丫上。待到开春时，叶柄下一旦萌动新绿，那些残败的树叶才会被顶落下来。几片枯叶活画出冬日萧瑟的风景。

这原本就是一个冬季，大自然正在死亡。我们却在“诗城”郊外，亲见了大自然之生生不息的生命图景，亲临了那些不屈不挠的生灵们在死亡的伤痛中求得新生的场景。

即便是最萧瑟的冬天吧，远村近树也有它不尽的生趣。诗人也说过，越空旷的地方越能激发人们的想象。

几座房舍夹着一个椭圆形的小湖，湖水犹碧玉一般，似乎也在轻轻地吟唱。湖畔的树叶差不多已落尽，被风刮起的衰草丝丝缕缕挂在树梢，如经幡一般招摇。在这远离故乡的茶园，沿着曲折的荒径，穿林过湖，伴着悠悠的乡恋，走在那条乡间小路上。当日的印象大多已经模糊，只有那处茶园，那条小路，那面小桥下边的湖水，却一应留在了我的记忆里不肯消退。它们和我脚下的这块供我们站立的小小的枯草坪一起，伴随着深沉的感受而长驻我的心底。

感受生机勃勃的山木丛林，感受温润朦胧的小桥流水，感受波光粼粼的湖畔风情，我嗅到的都是那般熟悉的故土气息，不由感慨系之，让我徘徊良久。那刻，思想的翅膀也不免瞬间沉重，不知该飞向何方。

5

回首之时，骤然忆起，到达“诗城”的那晚，年会的与会者全部开会去了，偌大的酒店，似乎就容了我和竹雨两个闲人，我们携同样闲适的大飘兄，满世界地找卡拉 OK 厅，结果走了几里路未果，好在本不是为了唱歌。一路谈笑间，其乐也融融，权当兜风散步了。返回酒店的路上，天幕上几颗寥寥落落的星辰深深地吸引了我，那时的星星比我们孤独。

酒店的前面，一片婆娑的竹林，在溶溶的月色下静静地呼吸，忠实地等待着我们三人散步归来。

哦，这心版上的雪泥鸿爪！

我抿了一小口只有一枚茶叶的茶水，告诉自己明天打道回府。几许不舍，随着茶叶的沉沉浮浮在心中起伏：2012 年的年末，在无雪的大雪里，诗城，我来过……

九寨：灵魂的出走与回归

除了行走，似乎好久也没有真正的阅读了。不仅是书本，也不仅是生活，还有自己的内心。于是，决定了拜访九寨。带上书，似乎是天意，零石妹妹在我的生日里从上海捎来了《山楂树之恋》，让我如获珍宝般捧在了手里，一程山水，一路书香。

从广州白云机场到成都双流机场，再到九黄机场，一路顺畅。藏人阿吉说："你们是幸运的！九黄九黄，十有九黄，不是误点就是返航，而你们这趟班机是超准时。"黄龙、九寨就这样给"超幸运"的我们展现了她惊人的魅力与华彩。眼中，云絮飘飞的黄龙山巅，色彩斑斓的五彩天池……莫非误入了绿野仙踪？

次日，阿吉带我们上了九寨沟里的游览车，沟里的游览车如无人售票的公共汽车一般，可根据景点随上随下，便捷而人性化，每辆车上都配有一名专业的导游，沿途讲解景点，买了 90 元的通票后一路畅通。

我本不擅长挤车抢位，最后全车仅我一人还站着。我倒无所谓，站着更好看风景，但车上的导游坚决请我坐在她的位置上，那是副驾驶位，视野开阔。呵，权当"吉人天相"。

身着藏袍的美丽姑娘娓娓而谈："进入九寨，你们就是九寨沟童话世界里的一位公主或王子……"

车缓缓启动，窗外的美景如卷轴般徐徐展开。

游走在九寨，那大片大片的碧蓝，那如诗如画的写意，把那尘世的浮躁和喧嚣生生地拦在了沟外……

沟外炎炎酷暑，而我们正走进九寨，走进清凉，赶赴一场人间"盛宴"，以充分享受澄澈、透明和湛蓝的自然风光。

是的，如果说黄龙的五彩池已让我们惊叹了，而九寨的水则会让人沉醉，那种纯粹的水色，那种蓝宝石般的清亮透彻，会让你不可思议，会让你情不自禁地就想跳进去洗心洗肺。

"九寨归来不看水"，水是九寨沟的灵魂。相传男神达戈把宝镜送给色嫫（色嫫是藏语，意思是美丽的姑娘）的时候，色嫫不小心失手打破了镜子，破碎的镜片就变成了九寨沟内 114 块"海子"，"海子"即是这里的藏民对高山湖泊的称呼。

我们沿孔雀河往上游，便到了被誉为九寨沟的骄傲——五花海。有"九寨沟一绝"和"九寨精华"之誉的五花海，位于日则沟孔雀河上游的尽头。据说五花海酷似一只开屏献彩的孔雀，五颜六色，明艳夺目。其成因大概缘于含碳酸钙质的池水，与含不同叶绿素的水生植物在阳光下的交互作用，这种奇妙的作用可幻化出缤纷色彩。听说秋天岸上林丛倒映池中后，便现出一片五彩斑斓的景色，与水下沉木、植物相互点染，故得名五花海。但此时正值盛夏，唯有一片湛蓝，我想，可以称之为"蓝孔雀海"吧！

这里有一座古老的栈桥，两岸连通。站在栈桥上，可见成群结队的鱼儿在游动，在这蓝色的圣水中，鱼儿享受着天堂之中的从容与祥和，面对一片耀眼炫目的湛蓝，让我再次有些恍惚，莫非我真的置身了仙境？

更让人兴奋不已的就是诺日朗瀑布。诺日朗瀑布是我国大型的钙化瀑布，此瀑布跨度在我国居首，而"诺日朗"藏语意思是"男神"的意思，象征雄伟壮观，诺日朗瀑布处于景区的中心地带，是当之无愧的九寨沟标志。

印象最深的是镜海，看镜海倒影最佳时间是无风的时候，镜海平展如镜，故名镜海。镜海揽蓝天、白云、雪山于一海，常见有“鱼在云中游，鸟在水中飞”的奇观。这正是镜海一奇，倒影胜实景。镜海边的藤缠树颇含情趣，树给藤无限的爱意，而藤给树无尽的缠绵，所以镜海因藤缠树而得名“爱情公园”，慕名而来的有情人都会在这里留影，以示爱情的忠贞。

如果说镜海的水是静谧的美，而珍珠滩则以“大珠小珠落玉盘”的动态美成名，水冲洗着凹凸不平的生物喀斯特体，溅起的水花，在阳光的照耀下像一颗颗晶莹夺目的珍珠。走在长 3500 米的栈道上，大能感受一番“艳阳松间照，清泉石上流”的情调。沿山间栈道缓缓而行，我们来到九寨沟的精华地段“珍珠滩瀑布”。瀑布呈新月形，站在瀑布下边，腾飞的水雾扑面而来，顿觉沁人心脾、清心爽朗。珍珠滩瀑布曾以它磅礴的气势成了《西游记》片头景的拍摄点。我们走过了珍珠滩，非常遗憾的是没能带走一颗“珍珠”，呵呵，真应了“挥一挥衣袖，不带走一片云彩”那般的潇洒。

绿树青峰云雾罩，夏来海子碧如蓝。镜海是我最深的眷恋，从海拔最高处的原始森林回来后，我就一直赖在镜海，竟然看到了野鸭戏水，后来不知不觉竟在水边睡着了。在镜海静躺一会儿，哪怕就那么一小会儿，其美妙之感觉，也胜却人间无数。眯了眼，任由九寨的风不声不响地从绯红的脸颊柔柔地拂过……

一路上看见了很多像旗帜的东西，那就是传说中藏民的经幡。数米长的红、白、黄等颜色的布料上印上经文，竖挂在旗杆上，立于房屋周围或寺庙旁边。经幡通常高 20 米左右，又称天梯，据说是赖以升天的阶梯。经幡经风吹动一次，就表示经文被念了一遍。经幡是藏民向上苍表达虔敬之情的华贵经卷。经幡立在不同的地方就有不同的含义，比如，立在房前屋后表示祈求上苍保佑，而立在桥边则表示祝行路者一路平安。

九寨一游，权当是自己现代朝圣的一种方式吧！身后那蓝幽幽的天、蓝幽幽的水，她天然，她洁净，她使天地变得辽阔，她使心灵变得圣洁，她让一切变得那么美好……

从出发始，再到九寨沟沿途各景点，实际上是在从一种熟悉的世俗环境，慢慢进入到一种神圣的空间之中。历经的这段路程，让我重新解读了生命的意义。九寨，我的九寨！在那样一种充满神圣的地域，在那样一种随处流淌着生命之原汁的地方，人类的灵魂能无动于衷？你会觉得生命从里到外，得到层层洗礼，以致自然而然地获得了又一次灵魂的净化和滋养，生命也便在那刻肃穆、庄严起来。

九寨归来，《山楂树之恋》也读完两遍，掩卷之时，每每落泪。《山楂树之恋》的老三弥留之际对恋人静秋说："我不能等你一年零一个月了，我也不能等你到二十五岁了，但是我会等你一辈子……"他说："记得我的话，你把心给了我，我会把她藏在我的心里。我死了，心亡了，你就不在我心了。"

赏世间最纯净的九寨之水，那一刻，也确实只适合于读最纯净的文字。就如同当年，恰同学少年，风华正茂，窗外艳阳高照，"风在林梢鸟儿在叫……梦里花落知多少……"九寨归来，那些飘忽迷幻的梦，还是在那么清晰地回放：迢迢的旅途，除了在山水间跋涉，我的心却一直在九寨那片神奇且神圣的地域上自由飞翔……

每每听着容中尔甲的那首天籁之音《神奇的九寨》，便有那么一刻在叩问心灵：为什么大自然用其殷殷造化赐给了九寨那么多的神奇？也许，九寨是离天堂最近的地方？也许，九寨就是天之所赐，是大自然灵性的归宿？或许，九寨之旅仅仅只是天地之间灵魂的出走与回归。

【附】《七月，你的来路，我的去路》

佛讲：一叶一菩提。又说：一花一世界。这叶这花，对我，就是心灵的共鸣，情谊的芬芳。此时，属于我的叶和花就是零石妹妹的这篇《七月，你的来路，我的去路》：

她该还在旅途中，明天就是她的阳历生日了。

爱着上个世纪上海的三十年代，也向往着上个世纪六七十年代当知青的日子。虽然，那个时代造成了许多的悲剧，可是，我还是爱着，向往着，羡慕着知识青年下乡的生活。羡慕的，是那份热情和激情吗？羡慕的，是那个年代最纯净的感情吗？

一本《山楂树之恋》，又将我带入那样一个年代。与她分享这样一本书，是因为知道，这本书里，有我们都珍视的爱情吗？也许是因为，在二十一世纪的今天，我知，还有一个人，她还拥有着那个时代所造就的一种纯净的心灵吧！她发来信息，说掩卷泪下，在她的人生经历中，正是带着如同这本书一般的背景踏上旅途的。她说书中的感情不在当下，但愿我拥有这样的爱。

“我不曾拥有的，但愿你都能拥有。我曾受过的苦，希望你的未来不要与我这般。”这是多年前的母亲对我讲过的话。

记得我的一位朋友说过：“有些遗憾，永远不能修复。”于是，我们希望，我们所爱的人不要有这样那样的遗憾，希望他们的人生能够圆满。对有些东西，则是无所期盼的。从小，即把有些东西看得已很明了。我并未出生在上个世纪上海的三十年代，也未赶上做下乡知青的年代，而是赶上了一个泡沫房价的年代。即便赶上了那样的年代，又如何？岁月里那些美丽的花朵，不一样的陨落在了时光的阴影下？有人问：“你不相信？”不，我相信，但不追求。

时光很短，一觉醒来，一些等了千年百年的遇见，早已路过；时光很长，倾其一生的等待，许也等不来一场花开。阁楼里，流过的只是时光，还有一个少女的梦。你的来路，我的去路，都还在。你该是幸福的，因为你总能看到生活的阳光，因为你一直活在你童话的梦里。行走尘世，时常会想起她书中的故事，那个纯净的爱情故事。读时，觉得一切已过去那么久了，久到那些年轮已不被我们所认识了，久到需要掰着手指做着时光相减的算术题了。那么久了，真的很久了，久到再也回不去了。那么久了，又是那么近，那不就在昨天吗？那么久了，久到似乎是自己的前世了。在我掰着手指数着那些年轮时，我痛彻地发现，那么多年前的那些碎屑的人与事，我也仍清晰地记着。清晰，就在眼前！想不到，时光一下子流过去了那么多年，不经意间，我们就让时光流过去了那么多年！姐姐，我们是不是都要在这时光的倒影里再哭一场呢？

那么久了，又那么近，才知，于有些人，有些事，是可将时光忽略掉的。

庐山恋

童年时，看过一部电影《庐山恋》。依稀记得，郭凯敏和张瑜联袂出演片中的一对恋人，那是我对圣洁的爱情和绝佳风景的纯美向往。于是，尘世里，一次次轻轻呼唤：带我去吧，爱人。我们去庐山，圆那场旷古的庐山恋！

如琴湖

蓝色的如琴湖，你来自天上吗？我用凝思的双眸，奏响你湖光的琴弦。

我的爱人已是三分迷离，七分痴情。

湖的心，从哪儿进呢？是那挑向湖心的小亭吗？那可是一个神话的入口。琴声悠扬，湖波荡漾。

我的爱人，牵着我的手。哦，原来沉重的人生，也可以如如琴湖般那么轻灵丰盈。

锦绣谷

一谷的杜鹃，续写着世外桃源里的故事。好事的风儿在谷里传诵着烂漫山花的心事。

时有飞鸟掠起寂寞的身影，级级沉默的石阶，交替而上，延伸着林间的许许清凉。

终有一天，我们都会离开这世界。而此时无需睁开眼，一任自己的灵魂安放在漫漫尘世中的一隅，心甘情愿地迷失在锦绣谷里。唯有我们内心的声音，仍在这谷中，久久地回荡。

含鄱口

风在我双肩呼啸而过。

我要攀登、攀登，不停地攀登……

我的爱人，紧随身后。我们倔强的身影，出没在半空的丛林。

一红一白，似一对展翅高飞的山鹰。

含鄱口，仿佛天门中开，远处闪烁着鄱阳湖水。

我们默默对坐，山风吮去了最后一滴汗水。

四周骤然宁静，我从爱人的明眸中，找回了久失的童真。

三叠泉

坠落，坠落，一波三叠。本是粉身碎骨的悲剧，却成就了人间瑰丽的奇景。

泉，你无路可走了吗？竟选择了如此坎坷的生命之路。

水的悲壮和幸运在这里演绎。云梯已是奢求，三叠泉，奈何你再三犹豫，自九天跌落而下的巨大声响，在空谷中最终无声无息。你晶莹飘逸的银丝纷垂，化作世间最激情的独白。

爱人轻拭我腮边的泪，喃喃私语：泉是在祝福我们！真爱终究会冲破两难的窘境……

天际白云悠悠，携手在三叠泉畔，看激情与柔情的浪漫结合。

任世外，红尘万丈，两人低回无语，看地老天荒。

五老峰

最高的山峰，拥有最幽深的峡谷。峰之巅已人迹罕至。

一座山，就这样突兀地与另一座山相遇。就像身边的这个人，就这样神奇地被另一个发现。

五尺的石柱，一个人的名字让你伤痕累累。

谁曾经来过？而现在芳踪却无迹可寻。

五老峰耸立于千古，我们相顾无语，默默垂泪。相约七年，终于如约而至。在这远离尘嚣的庐山五老峰的崖边，两颗心在穿越漫漫风尘。

一个最高的山峰，留下两个人紧紧相拥的身影。

庐山松

峰顶那棵千年松，与我们默默对视。

我们看松，松迎我们。爱，可否以松为证？

寸寸相思未了情，千年松柏前，医治俗世划下的爱之伤痕。

置身山之巅，聆听松涛千年的呼唤。你以亘古不变的深情，散开我长长的发辫。居住在我心灵高原的爱人，以山起誓。

将苍茫宇宙的神圣，连同那浩渺烟波的空灵，一同碾磨成墨。为我们人生未竟的旅程，运笔点染，恍若茫茫黑夜的微光，足以让相爱的人通体透亮。

庐山云雾

不知不觉，你已披上一件缥缈的纱衣。

悠悠地从梦幻的仙境走来，我们牵手而立，爱意已瞬间流淌在云雾之间，触摸到彼此如纱的丝丝恬静。无穷云海，竟是高山流水的知音灵犀。

坚信最痴迷的守望，定会催开绚丽的花蕊。我的灵犀这般告诉我……

是真的吗？庐山，最后一眼是云飞雾漫。

山中一日抵红尘万年，我愿永远这样沉迷，就像梦中的自己，不停地追随一只白蝶翩飞。

庐山佳茗——云雾茶

频顾庐山，你的每片树叶串成词，每朵山花连成句，每条淙淙流淌的小溪水，就是一卷缓缓舒展的史册。

沏一壶香冽的云雾茶，美丽的村姑端出历史的杯。品雄关漫道，追逐将相的马蹄声声。踏破厚重的近代史，笑傲江湖的侠骨柔情。

从哪里来终究又要回到哪里去，爱人，我的爱人，我们与星月共舞……

庐山，我的匡庐，我随爱人而至，终又随爱人而归。多年以后，你可曾记得，那场惊世骇俗的庐山恋？

凤凰情

凤凰烟雨情，沱江旖旎景，远不如两位土生土长的凤凰老人带给我的情谊深远、绵长。

甚至可以这样说，凤凰数日将照亮无数个离开凤凰的尘世日子。

——题记

一面之缘

风景总在路上，总在远方。

记不清从哪年的寒暑假开始，“背包走天下”已经进入了我忠实践行的人生日程。但很多时候都只能胆怯地跟团，全没有三毛“流浪远方”的勇气。这次，因为有萍姐的陪伴，毅然决定自由行。

去之前，给凤凰人水草兄发了信息，拜托预订酒店。他是红袖文友，我们分别栖息在文字的两岸，一水相隔，仅仅凭着文字，遥相呼应。却不巧水草兄那几日已走出凤凰城（《走出凤凰城》是他的处女作），正在台湾参加一个文化研讨会。但他旋即回信息“已告之傅大哥，他已退休赋闲在家，正好陪你们游凤凰。”

他所说的傅大哥，与我，其实仅一面之缘。

去年的这时，水草兄率领着他的部下，还有这位傅大哥外出考察，途经珠海，我不过略尽地主之谊，陪他们一起澳门环岛游。他们同行中恰有一位女士带着女儿，女人之间天生容易亲近，我便只顾和她们谈笑风生，想来，却真的忽略了傅大哥。印象中年长的他不善言辞，一路上几乎没听到他的声音。临走之时，他见到我女儿稚嫩的毛笔字，即贴在大门上的一副春联（纯粹是为了鼓励女儿对书法的兴趣，从小学三年级始，我家的春联全由女儿做主），便突然出声，要给我们家即时写几幅字。当即便在我家餐桌上铺开纸张，悬腕挥毫，三幅墨迹，一气呵成，那一刻我才知他是凤凰城赫赫有名的书法家，据说，连眼界一向很高的书画大家黄永玉先生都对他赞不绝口，且收藏了他的作品。那次他还一并携作品去深圳参加了一场海内外书法展。顿然间，不由得对傅大哥肃然起敬。至今，我家还珍藏着傅大哥留下的那三幅墨宝。

枕江入眠

其实，决定去湘西凤凰走走，最先源于它的名字。

什么地方才担得起“凤凰”这样美丽的名字呢？它的首府还自称“吉首市”，天下最令人平添遐想的名字它们都独揽了，去了以后才得知原来凤凰还有个怪异的曾用名“镇竿”，这实在有负凤凰得天独厚的山水。

沈从文的《边城》，一篇过目即无法忘却的温婉凄美的小说，它的故事背景就诞生在凤凰古城。不管我是不是寻着这个梦而来，也不管我是否能找到故事里爱情的细枝末节，当它已经成了有故事的风景时，一切便已渲染上了神秘。它有着大文豪文字的馨香，亦有可编绘的现在。

一路高铁原本顺畅，却没想吉首市到凤凰的高速正在施工，一路颠簸，到达的当晚已经是晚上十一点了，傅大哥偕夫人在车站已静候多时，一路上他们的信息不断，后来才得知傅大哥是老花眼，不会发信息，每次都是大嫂发的。

“小颜，到哪里了？”

“我们在车站接你们。”

……

素不相识的大嫂乐此不疲地关照着我们这两个陌生人，正如大嫂后来所说：“这就是缘分吧！”

下了车，夜色中见到两位长者的白发，我们越发愧疚，而他们却浑然不觉我们不安的神态，仍一路忙着要为我们拿行李。当晚，我们就住在沱江边的“江月楼”酒店，酒店是他的朋友开的，这店名便是傅大哥起的，并题写了“江月楼”匾额。酒店非常气派，还分A栋B栋，我们就住在A栋的二楼。

上了楼，推开窗子就是沱江夜色，不由喜上眉梢。

傅大哥临走时和我们约好：明天九点带我们游凤凰，并叮嘱我们早点歇息。

我和萍姐兴奋不已，哪里能“早点歇息”？

放下行李，沿着金水桥徜徉。在彻夜火红的灯笼映照下，一条沿江的石板小巷和夜色中的沱江，跃入了我们的视野。一路，轻浅流淌的江水，迷离的江中雾气，独行江中的木船，还有静默着矗立在江边的吊脚楼，都仿佛是我们追寻的梦境。

沱江的夜色似乎洗去我们浑身的疲惫，山风习习，身上的汗水早已吹得无影无踪，直到累得迈不开步子，才回到江月楼枕着江水入眠。梦与现实，总是会隔着那么一段无法诉说无法逾越的距离。当你发现自己此时身处梦中，你便是最幸福、最惬意的。你可以暂时忘却任何尘世里的烦恼。没有恼人的形象，没有烦琐的事务。这夜，似乎连最真实的生活都不存在了。

耳畔，只有沱江的水在轻轻流入我的梦境。

畅游凤凰

晨曦中，我们自然醒来。洗漱完毕后，我站在临江楼上拍摄晨曦中的沱江。

如果说昨晚见到的沱江是一名盛装浓艳而娇媚的女子，那么此时的沱江，宛如“清水出芙蓉”的村姑，自有一种浑然天成的自然韵味。

她是那么娴静、温婉，只见远处炊烟袅袅，而近处呢，两岸人家在河边刷牙、洗脸，勤劳的主妇已经在河里洗衣，捣衣声在清晨里格外清脆……但不久，两岸街道上兜售各类土家银器、香包的小商贩便打破了沱江的宁静，沱江慢慢苏醒了。

才八点半，手机里传来傅大哥的声音，原来他已经在酒店大堂里等我们了，手里攥着四张套票。昨晚约九点见面，其实他八点就来了，怕打扰我们过了半小时才给我打电话。我和萍姐相视一笑：如果下次约八点见面，他必七点就会来。此后的几天，不仅证实了傅大哥办事守时的习惯，更体会到了其接人待物之热忱和周到。他依然不善言谈，属于典型的“讷于言而敏于行”。

“听说他有客人来凤凰，他的女弟子今天早晨专门送来的套票。”大嫂告诉我们，言语间满是骄傲。原来这女弟子是本地旅游局副局长，正拜他为师学书法。

吃过大哥大嫂极力推荐的“镇竿牛肉粉”，就开始游览凤凰古城了。到了一个地方不用自己的两条腿尽兴走一走，我就会觉得跟没到过一样。可是这次，我显然错了。

一个充满文人才子记忆的城市，就这样被我们这些来自四面八方的不速之客，打扰了它的清梦……

我们来得真不是时候，正是旅游的旺季，而那一刻，炙烤着人间的炎炎烈日，也散发着腾腾热气。整个凤凰城人流如织，到处热闹而充满喧嚣。但因了傅大哥夫妇，仍感受到了别样风景和温情。

凤凰城并不大，加之，这天的游客特别多，各路英雄好汉似乎都在这天云集，随处是高举着导游旗的小分队和四方游客。我知道，这不是我心目中想随便逛逛的凤凰。尤其，我担心的是两位上了年纪的老人会不会中暑。

我们跟着大哥大嫂在城里四处游走，熊希龄故居、沈从文故居、崇德堂、凤凰广场、跳跳岩、城徨庙、天皇宫、万名塔……景点无计。一路有蜡染，纸扎，还有很多苗饰可买。随处可见着苗族和土家族服饰的本地人和外地人，当你听着各种挂饰在耳畔叮叮当当作响时，自己便也有了融入这种氛围的冲动。于是，买一顶野花编织帽、一条蜡染披肩、一条苗族挂链、一些银饰手链、一条碎花的土布裙子等，如此，我们便融入了风景，也成为了风景……一路景点繁多，难免走马观花，我和萍姐倒是始终兴致盎然，倾听讲解，忙着拍照，不亦乐乎。

尽管持着票，但这些人文景观对老先生和夫人早已烂熟于心，陪了我们几处，因游客太多，总被冲散，我强烈要求无需作陪，让他们就地休息。后来老先生和夫人就静静地、乖乖地坐在沈从文故居门外的台阶上等我们。

逛了几处，老先生见我们已露疲态，便童心焕发："走，我们去泛舟沱江，那里凉快，景致也好。"

泛舟沱江

因酷热的天气而昏昏欲睡的我们游兴旋即又被点燃，哪知来到南门的渡口，一条望不到边的长龙般的队伍蜿蜒至远方，这要排到何时啊？来凤凰不泛舟沱江等于白来，所以这里向来是人头攒动，何况还是旺季？我估摸着怕有两三时辰也轮不到我们吧。撑开遮阳伞，头上的红日正在发威，炙烤着沱江边上的每一位游客，众人皆是挥汗如雨。

这一次，我又见识了老先生的神通。

这不，傅大哥去前面跟工作人员耳语几句，然后冲大嫂做个手势，大嫂就带着我们伶伶俐俐地从侧门上船了，呵呵，本地人和外地人就是不一样，何况还是本地名人乎？

泛舟沱江，浅绿的江水清澈见底，亲见无数的水草在水里摇曳，一下子彻悟“柔软的水草”网名的深意。我试图寻找最柔软的那一棵，他却不在水中央。

小船上土家人的歌声不断，一洗我们身上的烦躁。我忍不住伸手到水里，清凉舒爽。大哥说，这是山里的泉水，冬暖夏凉。

两岸的景致目不暇接。

那灰黑的屋檐，土家风情的吊脚楼，成片压在我的视线之下，让我有了片刻的恍惚，似乎回到童年时外婆的村落。我已经身处在了这个镶嵌了无数人梦想的地方，但，是否已经真切地看到了它，甚至触摸到了它？我固执地寻寻觅觅，如我从前所说，不过是梦回故乡，我本是土家女，只为来圆梦。

下了船，上岸就是万寿宫，这里仿旧的摆设已经激不起我的兴趣，但黄永玉的雕刻、字画，仍散发着幽香。

黄永玉，这个老头实在有趣而可爱，尤其是他题写的一首小诗“我的血是O型，谁要拿去！它对谁都合适，我的心，只有我的心，亲爱的故乡，它是您的！”是呀，黄大师的步履曾经遍及欧洲大陆，但眷恋一生的永远是故乡凤凰。

暮色四合，日暮乡关何处是，烟波江上使人愁……

在人来人往中，在夜色似水的虹桥下，我们终究只是匆匆过客。而这些，是凤凰人现在真切的生活，那也是一种贴近梦想的生活吧。无需你去猜测，无需你的羡慕。也许，在凤凰这样一个地方，很多人最终停留，那种与凤凰契合的状态很重要。同时，需要的，也是一种很多人无法拥有的超脱。你可以义无反顾地留下，但同时，你必须把自己的心，把自己的梦想也留下。生活，未必永远是别处好。这是许多人，都不曾明白的道理。

虹桥下面，一些年轻的歌手，会在那里点上几根蜡烛，摊开吉他盒子。当他们怀抱着吉他，随意地偏着头，两眼淡然地望着前方，弹起那些沧桑而古老的歌谣时，那便是我眼中最别致的一道风景。你可以目不斜视地走过他们，也可以驻足聆听，还可以与其他路人在歌声中一起沉迷。但你终究是要离开的，而他们还会继续留下。他们还会一遍遍唱起那些流浪的歌谣……凤凰，总会有人守望。

古城的故事可能发生在沱江边上，油油的荇草曾经被多少如诗般恬静的翠翠们抚摸，也可能是在雨后湿滑的小木桥上，多少曾经年轻的阿哥阿妹在这里轻轻地牵起手来，被涂鸦的那些破旧的亭子里，又藏着多少姑娘们的悄悄话……现在的我们，只能从船夫沧桑的歌声里，从河边阿嫂阿婆捣衣时激起的水花中，肆意想象……

夜晚，整个凤凰小城被霓虹点亮，呈现给我们的是迷人的夜景。山上的建筑都被包装起来，红红黄黄，蓝蓝紫紫，水光里流淌着彩色的倒影，远方的树隐约地透出莹莹的绿色，跨在江上的大桥，还有山顶的那座塔，也成了这幅画中令人怦然心动的一景……

沱江之痛

沱江的水污染得让人心疼。

江的两岸，商业化的气息太浓，满眼皆是急功近利地挣银子的酒店、酒吧和商铺，夜夜灯红酒绿，开发的同时，环境也在被恣意地破坏着。

沿江两岸每天排出大量的废水都被倾倒在江里，傅大哥痛心地说：“以前的江水是可以饮用的，再过几年连衣服都不敢洗了。”

我亲见浑浊发臭的污水从岸边的酒店里注入目前还算清澈的沱江，不时目睹随意丢弃的垃圾在江面上漂移，地面上的垃圾则满目皆是，体现出当地政府的不作为。在这方面，纤尘不染的丽江古城就好多了。再好的自然景观也经不起这样的肆意践踏，不由幽幽地发出一声叹息。

离开凤凰时，我们从南华门打的到车站，不过几分钟的路程，大嫂千叮万嘱只需 5 块钱的士费，但路边拉客的好几部的士佬见我们是外地人，都漫天要价 20 元，终于一辆的士爽快地答应只要 10 元，但一路上他却像开公共汽车一样，随时搭客，我们表示费解，他还怒气冲冲地斥责我们小气，当我们质疑的士费时，他嘴一撇：“五块钱的士费是本地人坐的，你们外地人当然要加倍啰。”与傅大哥夫妇的热情周到迥然不同的这种当地的士司机的蛮横无理，让我们深深感到，这里管理上的混乱，足见一斑！如此赤裸裸地乱收费，真是觉得“陌生的湖南人，想说爱你不容易”。

凤凰的安宁与喧闹，迷离与沉醉，潇洒与孤独，都只是属于凤凰的。你带不走它们，是的，带不走，你将要继续你的旅途。

来时，我曾经有过错觉，误以为凤凰是一个人的凤凰，这个人也许是沈从文，也许是黄永玉，也许是陈寅恪，甚至也许是傅大哥或是水草兄……但真正置身凤凰，才发现它竟然已经不属于真正的凤凰人了。现在的凤凰，成了外乡人的凤凰，它不堪重负，表面的繁华折射的是凤凰城骨子里越发的寂寥……

来日方长

临走时，我和萍姐去一楼大堂结算住宿费，坐堂的土家妹子说傅大嫂早结账了，我与萍姐正欲坚持，抱着小孙子的酒店老板田先生走过来说：“傅大哥说了，你们是凤凰的稀客，怎能收你们的住宿费呢？欢迎下次再来！”

萍姐感叹：“见过热情的，但没见过像傅大哥这么热情的；见过贤惠的，但没见过像大嫂子这么贤惠的。对待家人也不过如此呀！”

包门票、包住宿、包导游、包带土特产（我和萍姐各拎着几大袋大嫂塞在我们手中的凤凰特产熊氏姜糖），不是家人是什么呢？小颜何德何能，能在异乡享受这种亲人般的眷顾和照料？心生诚惶诚恐之情，幸好还有一种情叫来日方长，对大哥大嫂的款款挚情，也唯有寄托于来日方长了……

当我回到珠海，坐在老公的车里时，我脑中还不时闪现两位凤凰老人的音容笑貌。远离了凤凰城的热烈，我又重拾了珠海的宁静。的确，我的家不能只有热烈，没有宁静。也许我的天性就是喜欢安静胜过热闹吧。不过，此生，我一定再去凤凰，不为别的，只是想再去看看两位可爱、淳朴的凤凰老人。

乡村素描——外婆的小山村

我的乡村永远留在鄂西那莽莽苍苍的大山里，那里曾经住着我的外婆，那里也曾装着我的儿时梦幻。

外婆家门前有一个小院，院子里种满了瓜菜，那是勤劳的外婆在忙完了山里、田里的劳作，譬如砍柴、插秧、割麦之后，在自家小院里为日子所做的诗意点缀。

晨曦微露，匍匐在绿油油菜叶上的露珠还没来得及逃遁，在第一缕阳光的轻抚下，那晶莹透亮，如翡翠一般的粒粒珍珠，还在我的记忆中熠熠生辉。瓜架上爬满了丝瓜、苦瓜和冬瓜，那些姿态各异的瓜儿线条柔和，浑圆青翠，在晨光的沐浴中，个个精气神十足，宛如一件件浑然天成的艺术品。

闭眼回忆，外婆的小山村在我的心中鲜活如初……

耳畔不时有几声渺远的鸡鸣。渐渐地，鸡的鸣叫声越来越近，确乎飞进了外婆的小院，自然是在偷窥着那些嫩绿的菜叶了。这时候，听到动静的外婆，便会顺手从竹篾里抓起一大把谷粒或碎米，用力地朝远处撒去。于是，饥肠辘辘的鸡们就“咯咯咯”地跑向远处，随之，鸡们埋头啄食的声音此起彼伏。不一会儿，那些谷粒或米粒被啄得精光，外婆的小院迅即又恢复了宁静。

秋季，外婆屋后成熟最晚的板栗终于降下了枝头，被压得喘不过气来的枝枝丫丫上，裂开的板栗球好像一群群小刺猬在开会，那是秋天最得意的微笑。很快地，板栗的香味从一个山坳飘到另一个山坳，整个村子里都弥漫着板栗的香甜气味。

我后来栖身的南国是终年无雪的，而在外婆的那座小山村里，却能年年见到我所喜爱的雪花。雪花纷飞，飘落在我的头上；雪花朵朵，把外婆的那座小院装点得洁白明亮。

冬季，唯一赤裸在冰雪世界里的，就是稀稀疏疏的房舍。远远望去，那一栋栋吊脚楼深深地隐藏于雪白的世界里，宛如一道道起伏的沟壑，浑然与天地一体。要不是那一缕缕不断升腾的渺渺炊烟，你还真难分辨，那就是醉眠于大山里的农舍。

村里的人一律住在充满鄂西风情的土家吊脚楼里。

外婆家的吊脚楼楼下养着牲口，楼上住人。外婆的房间里有两扇木格窗户，一扇窗朝向奔流不息的清江，一扇窗下有棵老枇杷树，累累的果实几乎伸手可触，这是我远走他乡多年之后，记忆当中最美的窗外风景。

推开吊脚楼的窗，放眼望去，满眼青绿盈盈。青的是正在拔节的庄稼，绿的是潺潺流动的江水，阡陌相通，时而可见荷锄而过的农夫。

吊脚楼下是一间猪圈，在这里，你可以尽情分享一个典型的农人对猪的感情。而事实上，最令外婆骄傲，也是外婆最拿手的一件事，便是喂猪。

在我幼小的记忆里，外婆总是有规律地隔三差五地跳进猪楼里，给她心爱的猪儿们做大扫除，她边打扫卫生，边和猪宝贝们拉家常。每逢家里来了客人，她也总是乐此不疲地把客人们领到她的猪楼参观，当然，总是口若悬河地一一介绍她的宝贝猪，这是花猪，那是小黑，个个膘肥体壮，毛色发亮，而正在吃食的猪儿们似乎也能听懂主人的话，为了给主人挣面子，它们在客人面前显得更精神，吃得更欢了，还常常发出快意的“哆哆”声。那一刻，外婆会情不自禁地对猪儿们说：你们就慢慢吃吧，我该要去忙其他的事情！然后便带着客人回楼上唠家常去了。

壮硕的猪儿是农人最为得意的劳动成果。外婆常常自豪地说：“我喂的猪是我们张家村里最肥最壮的，每年一头猪可杀许多许多肉呢！”外婆喂的猪确实膘肥体壮，有二三指厚的膘，只是惯吃瘦肉的我们，并不太喜欢肥肉。外婆对猪儿倾注的心血是有目共睹的，她的猪食全都是她亲手剁出来的。其中，既有洗得干干净净似人吃的土豆，还有芭蕉叶、老南瓜、番薯藤等。外婆剁猪食实在是仔细，经常剁到半夜三更，真实的“挑灯夜战”。其实，农户人家剁猪食是一件最普通的事，在外婆的村子里，家家户户中，都经年萦绕着剁猪草的“切切”声。

天未光亮，外婆即起床用柴火煮猪食，依然是一丝不苟，就好像是做给人吃一样。

至于一日三餐地提着木质猪食桶去猪圈里喂猪，那就更是她和猪相处的最快乐的时光了。外婆的猪特通人性，居然也能“久之，能以足音辨人”。每次，不管我外婆走路多轻，或是离它们多远，它们都能迅速感应到，是疼爱它们的女主人来了。猪食还未送到，可爱的猪儿们却已雀跃不已，在以欢快的哼哼声迎接主人和美食了。而偶尔我母亲和小姨也会帮忙喂一下它们，但那一刻它们却安安静静，面目漠漠，毫无反应。

一个农妇对猪的感情，竟是那样的投入和执着，这是小山村留给我的一个很难磨灭的人生印象。尘世里最淳朴的一种缘于日子的情怀，或通过我外婆的勤劳和善良，展示得淋漓尽致。

外婆的村子属于鄂西土家族地域，这里本就是一个歌舞之乡。外婆在小山村里除了猪儿喂得又肥又壮让人称羡之外，还以唱山歌出名。在我童年的耳畔，会不时响起来自外婆的原汁原味的土家人的歌声。

据专家考证，“竹枝词”就是清江土家族的山歌。“渺渺春生楚水波，楚人齐唱竹枝歌”这句诗是唐代诗人顾况所写，可见在唐代，土家族唱“竹枝歌”已十分普遍了。“杨柳青青江水平，闻郎江上踏歌声。东边日出西边雨，道是无晴（情）却有晴（情）。”我想，刘禹锡的《竹枝词》所吸收的就是我们土家族山歌的精华吧！有人说，土家族的山歌因融进了真情实感，所以更见其“真”；因融进了婉转悠扬，所以更见其“善”；因融进了青山绿水，所以更见其“美”。外婆的村子里，只要是她那一辈的老人，人人都会哼唱山歌的。

外婆爱唱山歌到什么程度呢？用她爱唱的几句歌词来回答吧：

山歌不唱不开怀，磨子不推转不来。
主不劝客客不醉，花不逢春不乱开。

山歌本是古人留，留在世间解忧愁。

三天不把歌儿唱，三岁娃儿白了头。

山歌山歌，顾名思义就是在山上唱的歌。但外婆除了面对郁郁葱葱的青山亮开嗓子，其实，从春到夏、从秋到冬，一年到头，外婆都在唱。外婆的山歌一路撒在她劳作的地方。薅草、插秧、割麦、收苞谷，种红薯……春种秋收，外婆不断地播下自己劳动的汗珠，也不断地把歌声留在了那个小山村。

悠悠记忆里，外婆唱山歌时额纹舒展，眼睛格外发亮，脸上笑意荡漾，好像已忘记了一切生活的烦恼。记忆里，外婆经常轻轻哼唱的那首山歌小调，似还在耳边流转：

一劝姐，孝双亲，

人人都是父母生，

怀胎十月才临盆，

娘奔死来儿奔生。

二劝姐，要勤快，

人勤地勤家生财。

一个早工打捆柴，

三个早工纳双鞋……

外婆从未出过远门，从未离开过那座远离尘世的小山村。她一生都在属于她的小山村里，为她的责任田，为她的小庭院，为她的儿女们，为她的猪楼，倾注着毕生心血。她八十高寿时，还爬上深山砍柴，到对面荒山上开荒种地。每餐必吃两大碗“金包银”的杂粮饭（即金黄色的苞谷粉与白米一起蒸出来的饭），甚至还可以大口吃下半只巴掌大的半瘦半肥的腊猪肉，然后中气十足地走进田野，边干活边唱山歌。

外婆田间劳作时哼唱山歌，这对于一生苦难的外婆，该是多么难得的心灵慰藉啊！如果让我去寻找外婆情感生活中的那么一丝亮色，我想，那就是她每天哼唱的山歌了。

夜临了，村子也开始安静了下来，窗外开始有小虫在低低鸣唱，悠扬的山歌也暂时歇息了，唯有清风夹裹着土家人的许许梦幻，在万籁俱寂的小山村里飘荡。

静默和流逝，这都是时间的基本属性。外婆的小山村里，时间是可以静默的，也是可以缓缓流逝的，但似乎永远不会飞逝。因为那儿有一种近乎凝固的千年文化，把我的印象也凝固在了那个久远的小山村里。就像这世上没有两片完全相同的树叶，你绝对找不到两处完全相同的小山村和村子里的人。多年以后，才惊觉原来自己梦想的小山村已经定格在外婆的村子里，自己的内心深处跟那里的气氛已深深契合。身处红尘，却又可以远离尘世，身处尘世，又可远离喧嚣，外婆的小山村呵，怎不让我一生眷恋？

如今，外婆已逝，外婆的小山村再也回不去了。岁月静好，当年的村子，还有我永远的外婆，已经定格为我心里一幅永恒的画。

七夕，致巴黎邂逅的那棵相思树

哪辆马车，载你而去，奔向远方

奔向远方，你去而不返，是哪辆马车

——海子

一

中国的七夕到了，法国巴黎的相思树，你还好吗？爱的枝丫上还开着粉紫的毛茸茸的相思花朵吗？

那是回国之前的最后一站，决定去观赏巴黎的圣心教堂。

圣心教堂是巴黎的象征。教堂有着洁白的大圆顶，具有罗马式与拜占庭式相结合的别致风格。四周为四座小圆顶，颇具东方情调。它高高在上，占据着巴黎蒙马特高地的最高点，从这里可以俯瞰蓬皮杜国家文化艺术中心、巴黎圣母院和荣军院等巴黎大半风景。教堂内有许多浮雕、壁画和镶嵌画。圣坛上方是巨幅天顶壁画，耶稣与天父相对而立，圣母、天使随侍两侧。教堂后部有一座高 84 米的方型钟楼，里面的萨瓦钟，重 19 吨，据说是世界著名大钟之一。但那天，我一直没听到钟声。

沿着庄严的石阶向上，直抵教堂正外立面和带三个拱门的门廊，门廊的上方是威严的圣路易国王与饱经沧桑的圣女贞德骑马塑像。教堂的礼拜堂内高达 15 米的窗上镶嵌着彩色玻璃，令室内流光溢彩，如梦如幻。张艺谋执导的《金陵十三钗》里的彩色琉璃，曾给我留下过极强的视觉冲突而一直难忘。故而在教堂，我特别留意这些彩色玻璃，意外发现正是这些玻璃镶拼出多幅圣经故事，如同一部连环画版的《圣经》。教堂里的人正虔诚地祷告，她（他）们不看我，她（他）们在聆听上帝的福音。来自东方的我目不转睛地看着他们，看着他们的信仰——连环画版的《圣经》。

终于索然，我转出，来到教堂前的蒙马特广场。

这是巴黎最有艺术特色的地方，很多年轻画家在这里写生。当然还有形形色色的行为艺术展示，他们的脸上、身上和手上都涂抹着厚厚的油彩，有扮作古埃及人的，也有一身白衣的教士……等着游客和他们合影，并往他们精心放在脚边的帽子里投进零散欧元。

广场正中，一位献艺的法国琴师正在倾情表演……白皮肤、黄皮肤、黑皮肤，黄头发、黑头发、棕头发，各色人等均坐在石阶上侧耳倾听。音乐，在这一刻，似乎穿越了国界和种族，四海同心。

身边的人群摩肩接踵，熙熙攘攘的人群川流不息……

我却再次觉得索然无味。

我不是信徒，教堂的虔诚是他们的。我也不爱热闹，喧嚣还是他们的。

异域的音乐，我也无需装懂。

我无趣地漫步着，四处转悠着，不经意间，居然转到了教堂一隅的一棵开花的树下。

这样的树，在我任教的校园里，并不鲜见，那就是一棵凤凰树。我熟悉的凤凰树都开着火红的花朵，如一只只火凤凰展翅欲飞。而这异域的树，却开着粉紫的花，如云霞一般绚丽着。虽然它们的叶片是那么相似，狭长的叶子都像极了含羞草叶片。

我问身边的女友："这是我们南方常见的凤凰树吗？"

她犹豫了一下，字斟句酌地说："凤凰树又叫相思树。"即刻，我的心中泾渭分明了，校园里必定是凤凰树，而巴黎邂逅的这棵树却只能是"相思树"了。

相思树是属于爱情的树吧。

我就这样静静地站在相思树下，手机耳麦里骤然响起的却是阿桑的《叶子》：

"孤单是一个人的狂欢，狂欢是一群人的孤单……"

我极力想把自己从喧嚣的人群中分离，但我最终还是被喧嚣淹没。我抬头看天，巴黎的天，格外纯净湛蓝。虽然我分明在笑，可我自己最知晓，我的泪水，那脆弱的泪水，一直在眼眶里打转，背转身，咸咸的泪水终于决堤……

"我一个人吃饭旅行到处走走停停，也一个人看书写信自己对话谈心，只是心又飘到了哪里，就连自己看也看不清……"

当高朋满座、推杯换盏时，有谁看到我们心灵的孤单和煎熬？当形单影只、踽踽独行时，有谁知晓一片漂泊叶子的忧伤？或许悲伤真的是人类的宿命？

女友无意中听到我在听《叶子》，讶异地问："你怎么爱听一个死人的歌？"

是的，唱《叶子》的阿桑死了，生命如此脆弱而无常，她的死曾让我忧伤。她就是一片过早凋谢的"叶子"。

巴黎的相思树下，我一遍遍听着阿桑的《叶子》，竟然如此莫名忧伤……也许，一直忙碌的心，竟然到了异域方能静下来，一棵开花的相思树，让我再次审视自己的内心。

二

相思树，仅闻其名，就已让我怦然心动。我想树名的背后一定隐藏着一个动人的传说或凄美的故事吧！更何况我不能让我的泪流得无端。

晚上，回酒店的第一件事就是上网恶补相思树的知识。“度娘”告诉我，此树相传为战国宋康王的舍人韩凭和他的妻子何氏所化生。据史载，韩凭妻何氏貌美如花，康王夺之并把韩凭投入大牢。韩凭不屈而自杀，他的妻子何氏也投台而死，死前留下遗书，愿以尸骨赐夫君以合葬。康王闻之恼羞成怒，不仅不听，且差使其从将两坟埋至相望而不相连的两处。不久二冢之端各生大株乔木，木曲体相就，根交于下，枝错于上。又有鸳鸯雌雄各一，常栖树上交颈悲鸣。宋人见之生哀，遂从此号其木曰“相思树”。

我，再次欣慰，相思树啊，忠贞不渝的爱情！聆听交颈之悲鸣，爱也顿然融进了暖流。

爱情，从来不分国界、种族。巴黎，恋人即风景。圣心教堂前的相思树，不也在默默诠释着东方爱情故事里的浪漫和执着？

相思，燃烧在爱人的心里，牵挂在遥远的那端。但相思至死的毕竟罕见。

相思树对于我们现代人，是另一种爱情的境界吧。古老的爱情从未远离，埋在我们的心底长成痛的花蕊，不经意间暗香浮动，好一番黯然销魂。但它不会是生活的全部，只是生命长河中那记忆的灯塔，证明着，牵引着，爱着并思念着。我流泪，我欲用这晶莹的泪珠，去浇洒这棵相思树，去滋润那一树花朵和那一树的人间挚爱。

在巴黎邂逅相思树的那一刻，我暗自讶异，欣喜。的确，就像邂逅爱情，那里有不朽的爱情。只是“生命诚可贵，爱情价更高”的爱情观早已陨落在物欲横流的当世。

爱情早已退位给金钱、欲望。因为，可怜的爱情已渐渐沦落，无奈中，慢慢成为了生活浊流中的一根稻草，我们也企图抓住，但稻草毕竟不能救命。又或者，那些打着爱情幌子的骗子太多，当真爱临近时，我们却已经辨别不清了吧。

普通人的爱情，也不希冀惊天地、泣鬼神，让我们种植一棵在心中摇曳的相思树吧。渺小如我，一直都觉得，在这个世界上，没有谁离不了谁，更不存在唯一适合你的那个人。对于那些把爱情看得比生命更重的人儿，唯一能让我理解的，那不过是瞬间的内心迷障而已，与纯美无关。

而真正的纯美，就是无条件相信且愿意与你携手相伴的那个人。

至于爱情是否陨落，重要吗？重要的是你想跟他在一起，想就去努力，想就去争取。所谓纯粹的付出，也只有你自己先纯粹了，才有可能收获一份纯粹的爱情吧。

我敬畏，我一直敬畏着那棵已经走进了我心中的相思树，也眷念着树枝上的那些粉紫色的相思花朵。

天下之道论到极致，终离不了一个爱字。人生冷暖论到极致，终逃不脱一个情字。

七夕，自然忆起巴黎的相思树，不知今生是否还有缘亲临树下，盘桓与语。

佛说，看山不是山，看水不是水，看树不是树，看花不是花，唯有此刻的相思能让我真实地感悟。

是树，必定一生一灭一枯荣。

是情，必将缘起缘灭随定数。

在那一刻，我终于明白，在巴黎的相思树下，我的眼泪为何会飞了……

欧洲印象

读万卷书，不如行万里路。

所以，人在旅途。

诚然，人生如旅。

欲了解世间不熟悉的风景，欲体会世间万物于生命的启示，最有趣最生动的方式莫过于旅行。或纯粹休闲形式的旅游，或商务形式的观光，不同方式的旅行，它们都可以给予旅行者不同文化的熏陶，并从中获得值得珍惜的人生体验。

欧洲国家所拥有的西方文化，与东方文化迥异。欧洲国家的历史地理渊源，纵横交错，这于我，自然平添了不少神秘感。体验这份神秘，莫如背上行囊，带上眼睛和耳朵，用自己的双脚去亲自丈量。

但是很多时候，不少人只是把旅行当作一件时髦的小背心，出发时，迫不及待地穿上，回家后则载着满心疲惫而匆匆脱下。甚至，我们还会遭遇到越来越多愤懑的旅行者不停地抱怨："真是花钱买罪受。"

欧洲之行，当我决定出发时，一系列哲学问题也迎我而来：为什么旅行？想收获什么？以及，你能得到你想得到的东西吗？

……

或许，人之唯一清醒的时刻，是在离开家、离开母体文化的那一刻，那会儿才会冷静体察到自身文化的价值和意义。这一路的旅行，自然要经历文化背景的沟壑、文化差异的疏离和文化认知的落差。这期间，要吸纳异域的文化养分，要克服自身视野的狭隘，还要寻找认知感、亲切感和快乐感。

毕淑敏在其《蓝色天堂》里说："旅行的理由是为了看到不同的风景，以激发自己的荷尔蒙。"那时毕淑敏已近六十岁，穷其半生积蓄，买了一张二十多万的船票，用了一百多天的时间，把自己融进了浩瀚的海洋中。环游全球，打量世界，一路上倾听素颜的地球悄声诉说……

欧洲半月，对我，不过惊鸿一瞥。行旅之际正是和陌生的环境互相接纳、互动互补的过程。而出发时，我需要的唯一，不过是一颗开放、好奇的心灵。

水恋巴黎

因台风"韦森特"的肆虐，原航班被迫取消。在香港君悦酒店休息一天后，法航的客机终于在当晚24:40分从香港国际机场起飞，次日凌晨北京时间13:20分降落巴黎机场。而后，在意大利时间上午9:15分，经过巴黎机场的F27登机口，转机飞往意大利的罗马。

接近欧洲上空时，我自然醒来。舷窗下的欧洲大地清晰可见。在一片片阡陌纵横中，我惊见一条白色的飘带，定睛细看，原来是一条河流蜿蜒在欧洲大地上，似白雾似长风。脑海里一下子跳出曾经在飞机上看到的中国华北版图上黄河的"几"字形图案，原来河流匍匐在大地上的形态都是一样的。

随着客机的前行，河流一直如影随形。欧洲大地的河流众多，塞纳河、莱茵河、多瑙河……这一瞥，许是提前预示着欧洲河流文化的无处不在吧。

而水的澄澈、温柔和深厚，会否赐给我一个意想不到的欧洲印象？

飞机降落，河流遁去，唯让新奇的双眸去等待和感知一片陌生的土地。

我知道，此时此刻，我已经远离了自己熟悉的东方城市。我用手中的单反镜头切片，忙不迭地捕捉瞬间而来的景色。临水的城市和临水的街道几乎占据了镜头的大部分，当然，还有那些临水而居的人们，也存留在了我的镜头中。

水，是生命的起源，其象征着古老和历史。故而，临水的地方也保留了无数文化遗址。岁月的流逝增添了人们对它们的猜测和探究。而我对于欧洲的第一印象，也因了水，而显得更加真切。

在巴黎的大街小巷，恋人就是风景。而巴黎恋人之最浪漫处，或就是因为魔幻之水的滋润？

在塞纳河畔，夜幕降临时，巴黎便在咖啡的微微透着苦味的香气中渐渐迷离，柔和的法语也开始飘荡在微润的风中……

塞纳河的流水在身边缓缓流淌，塞纳河城岛及其两岸的人文景色延伸着巴黎的时光，塞纳河的灵魂是属于法兰西的。塞纳河孕育了许多举世闻名的文化名人，塞纳河是巴黎这座文化名城当之无愧的母亲河。

巴黎，因塞纳河而显得越发古典而浪漫，越发激情洋溢。河面上一只飞鸟斜着身子掠过我们的头顶，就像一支飞翔的音符，跳跃在塞纳河的上空，弹奏着曼妙而欢快的乐曲。

我们乘坐的游船沿着塞纳河行进，从圣米歇尔来到埃菲尔铁塔，一条神色安详的河流，还有两岸姿态优美的建筑，尽收眼底。黄昏，来自世界各地的游人花上25欧元，即可以享受奇异的文化之旅，品味塞纳河两岸在夜色中闪烁的旖旎风光。

如果说，在巴黎感受到了莫里哀、雨果、巴尔扎克、大仲马等大文豪创作的源泉之所在，那么塞纳河便是孕育了印象主义画派的生母。依稀记得，17岁的莫奈就是在画家欧仁的指导下，静静地坐在塞纳河边，细心地揣摩和描绘着阳光的变化。

我们抵达巴黎时正逢一场小雨，一“雨”而知秋。塞纳河的河水在初秋的风里微波泛起，我站在船头，静静地观察巴黎的细节；在碧水和长天之间，静静地呼吸着河水清新的气息，我的塞纳河之行，在幽幽的怀想和不舍中结束。

童话威尼斯

河流，河流上的城市，以及河流上的人们，不断地邂逅，不断地展示着人和自然和谐相处的美好时光，于是那些远方异域的水上城市，便成为了清波荡漾里永恒的记忆。

威尼斯的大运河就像一条熙熙攘攘的大街一样，各式船只往来穿梭其上，最别致的当然还是“贡多拉”。

乘坐着“贡多拉”小船，游走在威尼斯的大“街”小“巷”，这是我读小学时，语文课本上《威尼斯小城》带给我的多年梦想。

坐在贡多拉小船上，喜悦就像河流一样，一切都是静静的欢愉。

清澈之水，在威尼斯身边缓缓流淌。坐在贡多拉船上的我，忍不住俯下身子伸出手来，轻轻地在水面划动，水，清凉至极，宛如山泉。做兼职导游的在读大学生王小姐告之说，这水是来自阿尔卑斯山的雪水。河水何来那般之清凉？问题迎刃而解。

贡多拉小船是一种特别的木船，长约十多米，褐色的木质，两头翘起，中间摆放着六把凳子或椅子，这意味着每条小船上，最多只能载六个乘客外加一个船夫。贡多拉船夫身着特色服装，摇着船橹，载着游客穿行在威尼斯大大小小的河道间。他们说自己是水城传统的保护者。就像贡多拉一样，船夫本身也是水城的一道风景。

坐着这样的小船，穿“街”过“巷”，仿佛又带我们回到了久远的中世纪。

在你的心灵抵达了威尼斯河流的时刻，那些清澈并泛着蓝光的流水，开始产生比柔美更多的含义。显然，可触摸的现实比想象更为生动而具体。

回国后，与友人分享威尼斯的照片时，她忍不住好奇："威尼斯是建筑在哪里的呢？"同样的问题，我也咨询过"地陪"王小姐。已经在威尼斯留学三年的她侃侃而谈：先在水底下的泥土上打下大木桩，木桩一个挨一个，这就是地基，打牢了，铺上木板，然后就盖房子，那儿的房子无一不是这么建造的。所以有人说，威尼斯城上面是石头垒成的房屋，下面则是"森林"。威尼斯又称为森林上的城市。据说，当年为建造威尼斯，意大利北部的森林全被砍光了。这样的房子，也不用担心水下的木头腐烂，恰恰相反，它不仅不会腐烂，而且还会越变越坚硬，愈久弥坚。此前，考古者挖掘马可波罗的故居，挖出的木头坚硬如铁，只是出水后遇上了氧气后，木头才会渐渐氧化而腐朽。

威尼斯，一座童话般的水上城市，所有的建筑地基都淹没在水中，看起来就像水中升起的一座艺术长廊。它建筑在看似完全不可能建造城市的一片水域上，而威尼斯的风情也正是源自那片奇幻莫测的"水域"。蜿蜒的水巷，流动的清波，和一座古老的水城相依相拥。她就好像一个漂浮在碧波上的浪漫之梦，诗情画意久久地弥漫在那片水域的上空……

通过保存异常完好的水上建筑，威尼斯，这个古老而充满神奇的城市，把昔日的光荣与梦想延续到了今天，它独特的水上气氛和别致的建筑群落，令游人感受到了魔法般的奇妙。它就是个游乐园！是一个充满奇妙与梦幻的地方，令凡是来过威尼斯的游客都依依不舍，都在童话般的水域中，因频频梦幻而流连忘返。

古典的建筑，迷幻的城市，只有河流在静静独白。千年时光逝去，什么变了？什么又没变？至少还有童话般的记忆在河道上悠悠地漂荡……

瑞士，一支田园牧歌

从巴黎到瑞士的路上，捷克司机给大巴加油，加油站的对面就是一大片一大片待收割的金黄麦田，犹如回到童年时的村庄，亲切感扑面而来。

大巴车上播放着经典电影《巴黎圣母院》，车窗外掠过瑞士的村落。不一会儿，铁力士雪山下的小镇映入眼帘，洁净的小溪穿镇而过。

木质房子四周开满了五彩斑斓的花儿，塔顶尖尖的小教堂随处可见。蓝天白云间，牧草丰茂的大地上，一群群体魄健壮的奶牛，或悠闲地在村子周围的田野上溜达，或埋头吃着那些天赐的“美味佳肴”。奶牛有黄色的，有黑色的，也有花色的。眼中，各色奶牛将其鲜活的色彩点缀在清风吹拂的草海里，闪闪烁烁。耳边，只听得叮当的牛铃声此起彼伏，悠扬而清脆，洒落一山一地。

眼中的那一幕瑞士田园风光，确实让人羡慕。便想，那些奶牛会不会吃着青嫩的绿草而生醉意呢？在瑞士，有时候，哪怕一头牛，也成了印象中让我嫉妒的尤物。试想一头闲适而安详的牛，默默地诠释着它们的日子是何等的宁静和温馨，而我也从奶牛和大自然的和谐共处中品到些许真实的自由与惬意。大片葱茏的绿草，成群结队憨厚的牛儿，鲜花绿草围绕的木屋，这样的田园风情，闭眼沉醉间，是否需要我为她放唱一首悠扬的牧歌？其实，曾几何时，我魂牵梦萦的故乡就是这般模样呀，但如今遗失何方？

一路上只顾着拍风景照和为别人拍纪念照的我，忍不住叫女儿也给我拍张照片留念。恍若，回到故乡外婆的村子里。瑞士让我“他乡遇故知”，情不自禁在心里一遍一遍地轻轻吟诵：“采菊东篱下，悠然见南山。”

是的，瑞士的村落，让我想起梦蝶的庄子、采菊的陶渊明……

而瑞士的琉森湖，则让我亲历了天鹅湖那种无尽的美妙……

琉森（Luzern），在拉丁文中是“灯”的意思。琉森位于瑞士中部。据说早在罗马时代，它还只是一个不起眼的小小村落，后来，为了方便过往的船只而修建了一座导航灯塔，琉森因此而得名。如今的琉森，以其雪峰叠云的湖光山色、廊桥石街的经典画面而闻名于世。琉森，已经成为了花园国度之瑞士最有代表性的城市风景画。

清幽碧蓝的琉森湖，是瑞士最美也最具梦幻的天鹅湖。其浓缩了瑞士雪山湖泊的精华，清澈见底，湖里的石头清晰可见。湖面狭长而曲折，两岸是经典的瑞士田园风光小镇。四周的阿尔卑斯雪山衬托着洁净的湖水，洁白的雪光映入琉璃湖中，水光山色相映成趣。眼中，湖边一对对给天鹅喂食的情侣相拥而坐，一群群洁白高雅的天鹅在清澈的水上自由游弋，湖面上凉风习习，烟波浩淼……

琉森湖里的水来自阿尔卑斯山的雪水，和阿尔卑斯山的亲密接触，是在瑞士中部的最高峰铁力士雪山。这里海拔三千多米，终年积雪。从山脚坐了 45 分钟的缆车后，我们又坐进了铁力士雪山世界首创的 360 度旋转缆车，梦一样在白雪皑皑的群山之间缓缓旋转。炎炎夏日里，我们置身于皑皑的冰雪世界里。

我们上去的那天是个阴天，虽然无雨，但天色灰暗。

无限风光在险峰，同行 35 人，只有我和女儿登上了山峰最顶端。置身山巅，寒风阵阵，如泰山压顶一般，大风起兮云飞扬。

一阵突如其来的大风卷起漫天雪花，我脑际里顿然回旋起那首著名的《沁园春·雪》：“千里冰封，万里雪飘。望长城内外，惟余莽莽。”长城，我们的古长城，我只能在异域的雪山之巅将你深情想往。

是千年积雪？还是千山暮雪？眼前如一幅色彩凝重的油画，让人震撼。

因出发时国内是酷暑，欧洲的气候指南里，瑞士也是处在夏天的季节中。随身携带的衣服全是夏装。索性把行李箱里所有的夏装悉数裹在身上，显得有些怪异，但我们依然难以掩饰盛夏里邂逅冰雪的那份惊喜。

瑞士处处皆风景，处处犹如风景明信片一般，以至于，我相机的镜头，最后都几乎审美疲劳了……

教堂，灵魂的皈依

在欧洲的日子里，感受最深的是教堂，因为那是灵魂皈依的归宿地。不时在想，当一个人的心灵和一个民族的精神都有所寄托，那该有多好！

教堂，给我最美也最深刻的印象，即是教堂里的结婚仪式。新娘披着圣洁的婚纱，新郎呈一脸庄重。神父在教堂里问着新郎新娘同一个古老而崭新的问题：你愿意娶（或嫁）这个女人（男人）吗？爱她（他）、忠诚于她（他），无论她（他）贫困、患病或者残疾，直至死亡，你愿意吗？

新郎新娘都会异口同声：我愿意！

这样的爱情承诺，哪怕俗世打碎诺言，山水可以两两相忘，日月可以毫无瓜葛，但执手莫离的那一刻，神圣的爱情在教堂里永恒。

我邂逅的第一个教堂在梵蒂冈城国（The Vatican City State），简称梵蒂冈。梵蒂冈是欧洲的一个独立主权国家，也是当今世界上最小的国家，梵蒂冈位于意大利首都罗马西北角一处呈三角形的高地上，地处台伯河右岸，以四周城墙为国界。简言之，城，既是梵蒂冈的首都，亦是一个国家，故曰"城国"。

梵蒂冈实质上是座落在意大利境内的"国中之国"，和其他所有国家不同的是，这个国家境内没有田野，甚至也没有军队，仅有一支人员寥寥无几的警卫队，据说警卫队肩负国家的安全和保卫教皇安全的责任，当然更主要的工作是参加不计其数的宗教仪式。

但，正是这个微不足道的小国，却拥有世界上最大的天主教堂——圣彼得大教堂，也是全世界的第二大教堂。

我不是虔诚的教徒，但无论是米兰大教堂还是巴黎圣母院，那种静谧和赋予心灵的安宁，那种于我并不陌生的气息，或者便是藏在我心底的一种渴望。

最难忘的是圣马可教堂（Basilica di SanMarco）。马可是《圣经》中《马可福音》的作者，威尼斯人将他奉为守护神。1797 年拿破仑进占威尼斯后，赞叹圣马可广场是"欧洲最美的客厅"和"世界上最美的广场"，并下令把广场边的行政官邸大楼改成了他自己的行宫，还建造了连接两栋大楼的翼楼作为他的舞厅，命名为"拿破仑翼大楼"。

圣马可教堂不仅只是一座教堂，也是一朵建筑奇葩，同时还是一座收藏有丰富艺术品的宝库。

圣马可教堂的建造，其实融合了东、西方的建筑特色，从外观上来欣赏，它的五座圆顶仿自土耳其伊斯坦丁堡的圣索菲亚教堂，结构上则有着典型的拜占庭风格，采用“帆拱”的构造；正面的华丽装饰是源自巴洛克的风格；整座教堂的平面呈现出希腊式的集中十字，是东罗马后期的典型教堂形制。内部的艺术收藏品来自世界各地，因为从1075年起，所有从海外返回威尼斯的船只都必须缴交一件珍贵的礼物，用来装饰这间“圣马可之家”。

透过教堂里的多彩琉璃窗，隐约洒下一束来自天国的灵光。对于来自东方的我，那便是神秘、美妙而又神圣的异域宗教文化之光。

在圣彼得大教堂，一位欧洲白发老者虔诚祷告的背影让我驻足……但愿我的相机没有打扰和亵渎了他心中的那方神圣的净地。

走出教堂，仰望苍穹，欧洲的天空充满着纯净的蓝，好似灵魂里吹来了一阵柔柔的风，一种温柔的触摸抚遍了整个灵魂和肉体。圣心教堂的钟声悠然响起，它似穿透浮躁不安的物质世界，召唤精神的家园和灵魂的皈依。

生日里，我的遐思

农历生日这天，我居然行进在异域的路上。

上午在瑞士铁力士雪山，下午乘坐大巴车疾驰在从瑞士到法国勃艮第的高速公路上。旅途上，除了看异域风景，最难得的是收获友情。

全团八个小孩，就融融和洋洋玩得最疯最尽兴。洋洋是个比融融小两岁的小男孩，情商极高。两个孩子叽叽喳喳好像有说不完的话，简直像亲姐弟一般。这让我和洋洋妈妈也觉得惊讶。旅途上倒平添了许多乐趣。

我和洋洋妈妈几乎也是一见如故。射手座的她为人坦率而热情，因为一直从事美容行业，后来几乎成了全团爱美女士们购物的向导。十几天下来，我们两家人已经成了形影不离的好朋友。相约回珠海后一定到各自的家里品尝家常菜。对于性情中人，我想情谊，哪怕只是旅途上的萍水相逢，也是最值得让我们珍视并永远珍惜的。

我的欧洲印象，虽然只是惊鸿一瞥，但很多已经触及灵魂深处。

欧洲总的感觉，北部要比南部富庶，北部的人要比南部素质高。

置身最南端的意大利人相对素质要低一些，心胸也相对狭小。罗马、米兰的旅游区小偷猖獗，一路上，“地陪”一直要我们紧紧捂住自己的包包，她说如果你把包包背在身后，那或许就不是你的了。

甚至还会遭遇无赖。在米兰那么著名的大教堂前，居然有意大利的黑人企图敲诈勒索游客。在米兰广场，几个游手好闲的意大利年轻人手里捏着几颗玉米粒，见游人就派发，你如果以为他们是好意，给你喂鸽子，那你就大错特错了，你还没开始喂鸽子，他们马上狮子大开口：“20 欧！”20 欧元相当于人民币 150 元呀，不过就几颗干枯的玉米粒！你企图一走了之，他们已经成群结队蜂拥而上，直至逼得你心不甘情不愿地掏腰包……这是我亲见亲历的事情。

而越到欧洲北部，民风淳朴，几乎路不拾遗。尤其瑞士，简直就是世外桃源。

印象颇深的是欧洲著名的“邮票王国”——列支敦士登。这是一个仅仅只有方圆数公里的小国家，借助于得天独厚的旅游资源，列支敦士登发行的邮票不仅闻名遐迩，也成为了国家财政的重要来源之一。其首都华多兹更别具特色，其最让人轻松快愉的是这里的治安一流。你绝对不用提防小偷，你的包包不管背在身体的哪个部位，就是丢在地上，你的包永远是你的包。

沿途还听说了这样一个小故事：这个弹丸之国里唯一一个罪犯系酒后醉驾而判坐监。晚上，一个官员回监狱办公室拿遗漏的东西意外遇大门被锁，叫门时，居然是这个罪犯拎着一串钥匙跑来给他开门。议员很惊讶，问之，原来，看守罪犯的人要回家和家人团聚，便把所有的钥匙交给了罪犯保管，就这样，这个诚信的罪犯就自己监督自己坐监了……故事也许夸张了点，但漫步这个小国，真有宾至如归、其乐融融的感觉。

欧洲是一块上苍所赐的人间福地，绵延不尽的沃土，山水相依，空气清新。洁净的食物，绽放的鲜花，遍处是安居乐业的环境，人民享有政府高福利的保障。生活在那里的人，不仅默默地进行着劳动和创造，也充分地享受着人类的文明成果和物质上的富庶生活。

欧洲的法律规定礼拜日是不上班的，瑞士的商店晚六点半准时打烊关门，迟一分钟都不会给你买单。他们视生活质量比工作还重要。所以，欧洲人不太亲近华人，因为他们觉得华人太勤奋，华人太会挣他们的钱了。

我们抵达巴黎的那天正是礼拜日。你绝对想不到，居然在巴黎的市政厅前，在巨大的电子屏下，聚集着众多的巴黎市民，通宵达旦地观看奥运直播。崇尚自由的法国人备了睡袋，就那样舒展着四肢，一应男女老幼，盯着电子屏上的比赛实况而不时欢呼着，间或也沮丧着。

欧洲人真要感激自己的祖宗，给他们留下了那么多的历史古迹和人文遗迹！其中不乏人类文明的杰作。自然，那些让欧洲人引以为自豪的古建筑和得天独厚的自然风光，也成为了让全球瞩目之引人入胜的人文景点。四方游人，络绎不绝，千里迢迢地前去欧洲参观，这本身就在散发着一种欧洲文化的魅力。当然，游人如织的欧洲旅游市场，也得益于欧洲注重文物古迹的保护。在欧洲，人们品味的内涵是越旧越好。而在中国，恰恰相反，追求的是“日新月异”的表象。且不说城市里的那些越来越摩登的高楼大厦，也许，再过几年去乡下，你连木头房子、老式瓦屋也都见不到影儿了，取而代之的那些钢筋水泥之类的建筑，是否昭示的是人类建筑的悲哀？

也看到这样一个事实，有些每周只需上三天班的欧洲人，他们晒着太阳，大多数时间无所事事，照说自由自在，闲适懒散，却也是忧郁症的高发群体，这当然不是福音！如此安闲，如此散漫，不停地啃着老本，欧洲的前景会如何呢？无怪乎，欧洲的经济越来越疲软，有点杞人忧天了？

岁月划过心绪的痕
是你我眼中的影

第三辑

采　荇

瑜伽之旅

我相信，通过瑜伽持续不断的修炼，每个人都能够完成属于自己的瑜伽之旅并达到身心的觉醒与身体的柔韧。邂逅瑜伽，迄今六年，谨以此文铭记，以感谢瑜伽带给我全身心的宁静与快乐！

——题记

丹麦哲学家克尔恺郭尔在一则寓言中说：一个人的身心之存在，就像一座二层的小楼，还带地下室。但大部分人都住在地下室里，整天浑浑噩噩，任岁月蹉跎。如果有人劝他：一层窗外野草闲花，二层窗外望尽天涯，多好呀！你干吗不住一层或二层呢？闻之，他可能还会非常生气：你管得着吗？我的房子，我爱住哪住哪。

曾经有那么一段时间，我真的不幸被克尔恺郭尔所言中。我的那段日子，几乎就像待在一间阴暗潮湿的“地下室”里。

犹记得六年前的某天，身心低到尘埃，却无法在尘埃里开出花来。因日益严重的肩颈劳损，一位老中医对我语重心长地叮咛：“你如果还不加强锻炼，下半生只有在床上度过。”

直至那年暮春，邂逅瑜伽，我似乎发现了一处生命的绿洲。瑜伽在那时就是我的运命。在过去六年的日子中，瑜伽几乎就是我的全部业余生活。

华灯初上，下班后依时直奔瑜伽馆。脱下职业套装，换上舒适的棉质瑜伽服，愉悦地走进或常温或高温的瑜伽房。与瑜伽朋友会心一笑，跟着瑜伽老师入静入境……这一刻，心素如简。瑜伽时，常常这样在内心调侃自己：做一个四肢发达、头脑简单的纯粹的人，何其幸运。

瑜伽讲究韧性和力量，其实，每一个生命都是有韧性的，对于我们的身体，有些部位觉醒了，有些部位还在沉睡。一呼一吸间，柔韧的力度和气度就出来了。我的简单，我的纯粹，顺着脸颊的汗水滴进心里。

随着瑜伽音乐和老师的导语，静静地开始冥想、呼吸和各种瑜伽体式修炼。我的身心遭遇着前所未有的变化，久违的天性、愉悦和宁静又重新复归。

在瑜伽习练中滴下的汗雨洗涤了我的情感滞埃，生命之安娴，万物之轻盈，诸般美好的感觉开始在我体内奔涌。怀着一颗谦卑、虔诚的心，享受瑜伽带给我全身心的愉悦和宁静。闭上眼，用心聆听大自然的声音，用心感受，一呼一吸的美好。在冥想中让身心柔韧。恍若，天地间的我，站在茫茫天宇下，就像一棵晨风中挺拔的大树，向上向上无限延伸，五个脚趾像根系一样深深地扎进泥土，忘记了尘世间所有的烦恼，只与自己的心灵息息相通，默默地倾听自己的身体在述说什么，必要时，则用自己的智慧来静静反思。读懂自己的身心，需要大脑的谦卑和身体的回应。瑜伽让我明白：如果不懂得身之寂静，就不会悟出心之宁静。

41℃的高温瑜伽房里，让自己的下巴去找锁骨，一呼一吸间让自己的身体再次拧转，就像拧一条湿毛巾一样，也像空中张开翅膀鸟儿一般，辗转反侧，感觉自己就在天宇间自由跃动……当静到极致的拜日式、猫式、战士式、卧英雄式、下犬式、肩倒立、轮式等瑜伽术完成后，便是瑜伽休息术，也即是累到极致后的彻底放松。那一刻感觉全身心的肌肉都在融化下沉，似与大地融为一体，瑜伽音乐恍若从仙境飘来，人呢，犹漫步在一望无垠的草地上，草地上开满了五颜六色的小花朵，蝴蝶、蜜蜂在花间翩翩起舞，宛如自己也幻化成一只白色的蝴蝶，扇动双翅，自由地飞翔……汗水浸透了浅紫的瑜伽服，晶莹的汗珠在脸颊、额头闪烁，滴滴下落……

我身边的朋友至今仍不解："瑜伽有必要每天练吗？你又不是瑜伽老师，每周一次就够啦！"真的，朋友，每周一次是不够的，远远不够！我的最高记录是一天三次瑜伽课（每节课一小时），当然，于工作和家庭而言，这样的日子是称得上奢侈的，但每日至少一小时瑜伽，则是我身心的自然需要。我用瑜伽体式来塑造形体和内心，瑜伽，让我品尝生活中的那一滴甜美的甘露。我想，我会与瑜伽结下一生之缘，直至我一头鹤发。

毫无疑问，瑜伽将会影响着我余生的生命路径。瑜伽告诉我，会爱自己，才会爱别人，才会知道如何去爱，如何给予爱。就这样，瑜伽或让我成为了尘世中的那朵恬静的花，那株淡定的树，那棵谦卑的草。

我甚至可以这样说，瑜伽，已经将我的生命节奏全然转换，我对生命的理解也在瑜伽的影响下渐渐升华。瑜伽，让我体味到生命的欢乐与祥和，甚至还有高贵。显然，那是瑜伽所带来的一种特有的感受。我感谢瑜伽赐给我生命的固有价值，并一直希望与朋友们分享。

亲爱的朋友，我真诚地与你分享我的点滴经验，让我们能够通过信心、仁爱、坚韧与毅力来啜饮瑜伽的甘甜滋味。生命的自身寻求完满，恰如生命寻求阳光，每个人都可以敞开自己的身心，开始自己的瑜伽之旅。

当然，瑜伽的最初习练也许是疼痛的，甚至是痛苦的，这就要我们听从自己内心的声音，了解自己的身体状态，做到自己舒服就好。不要强行攀比，更不要勉强而为。正如"欲速不达"，一切都不可强求，遵从顺其自然的法则方可。

大多数人练习瑜伽都有非常实际的原因，而且往往也都是身体上的原因。比如，为塑身，为减肥，为减压，为祛除病痛等。极少数人练习瑜伽是为了获得纯精神上的愉悦，改善身体状态，无疑成为了我们走近瑜伽的第一理由。从我自身的切肤之感，我欣喜地看到了瑜伽的健身和调理效果，于我的内心，对于拯救我身心的瑜伽，我充满了无法言说的感激之情。

苏格拉底劝诫人们要“认识你自己”，而认识自己，其实就是认识自己的身体和心灵。瑜伽就像一首柔美的音乐，通过缓缓而变的瑜伽姿势，来自身体的节奏和心灵之旋律，便演奏而成了一首生命的交响曲。瑜伽也是一门养心养智的哲学，瑜伽的终极目标是给人以自由。但亲爱的朋友，你不必去遥远的地方寻求自由，自由就存在于你自己的身体和心灵之中。如果我们能在这喧嚣而纷杂的世界里，通过梵乐释放的天籁之音，通过瑜伽的修习和陶冶，以找到一份安然与恬适，自信与坚韧，不也是一种莫大的安慰与快乐吗？

朋友，如果在我的瑜伽之旅中恰和你相遇，请让我们热切相拥，并会心一笑。在天籁之音里，在呼吸与冥想的美好里，在俗世里让我们早已疲惫的身心慢慢融入宁静、祥和的瑜伽境界……

云想衣裳

打开一个个尘封的衣橱，检阅衣裳，犹如在阅读我自己的服装史。在这里，我静静地主宰着一个人的王朝，那是对衣裳的深深爱恋。

——题记

一

春风越过窗棂，书桌上被风轻轻巧巧掀起的书页，成为了春季向我发出的第一封邀请函。

亲见无数花朵呈浩荡之势，争先恐后地绽放，成为了这个季节的盛举。暗香浮动，让沉睡了一个冬季的大地把一袭素颜变得绯红。无所不在的春光像蒲公英一样，朝着四面八方飘洒，当然，不仅飘进了尘世，也飘进了尘世中的那些整整枯寂了一冬的心田。春光，是造物者对日子的恩赐，那么，面对满目的春光，去爱，去尽情地爱吧！

当花朵、嫩芽静静地为你喊出心中的春天时，我知道，我一直主宰着的一个身体的王朝，正在渐渐苏醒，那是一个女人对春天的衣裳之深深迷恋。

在女人的诸多天性中，对于衣裳的爱恋尤其突出。就像孔雀开屏求偶一样，这场爱恋可以与其他任何种类的爱恋相媲美。

我甚至固执地认为，衣裳的意义，对于寒冬，不过是为了御寒保暖；对于酷暑，不过是为了凉爽、透汗。唯有春秋的衣裳，才是最纯粹的衣裳。是的，谁也不能阻挡女人爱上春天的衣裳！

穿着春天的衣裳，行走在南中国这座美丽的花园城市的大街小巷，常常辨别不清是人在拜访春天，还是衣服在殷殷问候春季的莅临。绚丽的衣裳与女人息息相通，女人的衣裳早已与女人融为一体。

静静伫立在房间的衣柜，一扇一扇。迫不及待推开长长的柜门，我的衣裳们依次悬挂着，比肩接踵。春天的阳光柔柔地照耀着她们，照耀着她们的腰身、袖叶、胸杯……

我的衣裳，不管人世如何沧桑，她们都忠贞地等待着与我的不定期的约见，不管光阴荏苒，衣裳们永远静如处子般安娴。

二

男人与女人之间是一种命定的缘分。人与衣裳之间何尝不是如此？人与衣裳之间的爱恋，其实含有更多的人间烟火的味道。

就是衣裳与衣裳之间的爱恋，也有着属于她们自己的爱情。

背心裙宛如一个自诩的独身主义者，我行我素，倘若忽然遭逢了一条匹配的披巾或开衫，浪漫、狂野的爱情剧，将会就此隆重上演。

套装，不管是上衣下裙，还是上衣下裤，就如老式夫妻，门当户对，知根知底。着装时，无需费神，按序一一套上，即可立现端庄仪态，然后出席各种正式场合，所到之处，尊敬和祝福会迎面而来。但这种端庄，始终就是“装在套子里的”服饰元素，她们之间的爱，刻板而单一，毫无浪漫可言。

吊带小背心，就像一个涉世未深的小姑娘，外面总要有一件衫子罩着，那是她形影不离的大哥哥监护人……

一个人爱上一件衣裳，就像爱上一个人。最初的相遇可能是一见钟情，也可能只是“父母之命，媒妁之言”（这类衣裳以大人帮买或者亲友赠送的居多）。与衣裳有了肌肤之亲后，天长日久，那爱又有了不同的滋味。或许更爱而隔三差五穿在身上显摆；或者曾经的狂热爱恋变成了一杯白开水，犹如，婚姻里的爱情变成了亲情；或者转爱为恨，从此再不理睬，索性送给哪个乡下的亲戚或者搞卫生的阿姨，自此永不相见，彻底地与这件衣裳恩断义绝了。

“我思故我在，我穿故你在”，也许，我们寻觅的永远只是下一件衣裳，所以才有“女人的衣橱里永远少一件衣裳”之说。正如现实生活中，我们爱的其实往往并不是“这个人”，而是我们梦想中期盼的“那个人”。但买错了衣裳可随时再换，而选错了爱人却不是想换就能换的。茫茫人海，那个“唯一灵魂之伴侣”，得之我幸，不得我命，如此而已。

可见，爱上一件衣裳，比爱上一个人要简单、容易，也幸福多了。

三

检阅衣裳，犹如阅读我自己的服装史。

曾经有朋友问我："如果你不做老师，你最想干什么？"我几乎不假思索："服装设计。"一种近乎偏执的爱好，如果在一个人的不同年龄段都会时不时跳出来拥抱你，那么，这种爱好，已入骨入髓了。

"踏雪寻梅"是我二十年前的手工缝纫。

"踏雪寻梅"只是一条普通的太阳裙，布料是泡泡纱的，属于棉布的一种，雪白雪白的起皱面料，裙摆上点缀着几小朵蓝梅，故而命名曰"踏雪寻梅"。说起"踏雪寻梅"的制作，那是极其惬意的。简单的制版后，就拿起一把裁衣剪，"咔嚓咔嚓"一剪一剪游走过去，片刻，我当年所喜欢的一款时尚的太阳裙雏形便出来了。"踏雪寻梅"伴随着大学校园里旋转的青春舞步，一直飘舞在我的那些清纯的年华里……年轻的岁月一页页翻过，"踏雪寻梅"掀起的裙摆则像一个青春的flash，仍不时地穿过时光隧道，闪烁着岁月的光芒。

而我的DIY（do it yourself）激情却绵延不绝。

而立之年，存留下来的一件颇具代表性的衣裳，竟然是"海棠依旧"。

一直坚信，男人三十而立，女人三十而丽。那个时期的思想已经比较成熟，大胆采用了海棠红和樱草绿。人们最忌讳的对撞颜色"红配绿"，不期成为了我跨入颜色禁区的第一次尝试。我对于色彩不拘一格地配用，也正是从“海棠依旧”开始的。名字的由来其实是源于李清照的一首《如梦令》：“昨夜雨疏风骤，浓睡不消残酒。试问卷帘人，却道海棠依旧。知否？知否？应是绿肥红瘦。”

“海棠依旧”是一件宽松休闲的吊带裙，前后幅不同的花色，一幅为樱草绿，一幅为纯白的面料上开着玫瑰红的海棠，勾勒的都是淡淡的线条，淡雅有致。腰间随意地束一条黑色的缎带。天冷时，外面罩一件同色系的披肩针织小衫，飘飞自如。

四

灯下，闲阅《女人的百年服装史》。

最初的衣裳是保守严谨、墨守成规的，但精工细绣，像极了这些衣裳的女主人，那样的日子，无论如何矜持，这样的女人也大多沦为了花瓶。摇曳的旗袍，最终也只是男人世界里需要装饰的一道风景。紧接着套装大行其道，女人也如男人般干练，作为独立体，女人服饰与男人服饰在文化意义上开始并列，衣着的展示成为了世上的一道风景。后来的服装经过国内外服装大师登峰造极般的演绎，女人的着装更女人，甚至物极必反，更男人。其实，人类的服装文化已经进入随心所欲、行云流水的境地了，几乎不受民族文化的羁绊，服装的审美元素自由度更高，服装的审美意识更加多元化，服装，是一个充满了无限的创意和更多时尚元素的文化形态。

这一刻的思绪，那么执拗地跳到了《山楂树之恋》。

在《山楂树之恋》这部电影中，静秋和老三的恋情演绎得清纯而真挚，感人肺腑，虽然影片远没有小说刻画得人物丰满，但从文学审美的角度看，这部影片仍然有其过人之处。此前已细读过了艾米的同名小说，有先入为主的感觉，不过，最重要的是，我看这本小说和同名电影，更是为那个特定时代的“纯爱”心有所动，更是为小说里的女主人公静秋自己缝制衣裳的情节所深深打动。

“静秋会织毛衣，会做衣服，可家里没有缝纫机，都是手工做，后来江老师就叫她去她家里踩缝纫机，很快静秋就把缝纫机踩得滴溜溜转了。江老师买了几块布，让静秋帮她和奶奶做罩衣，帮两个儿子做衣服，静秋就裁好了，做出来了，每件都很合身。”

那时候故事的背景地——江心岛，和全国其他地方一样，有缝纫机的家庭并不多见，缝纫机大多是女孩出嫁时对男方提出的要求，属于“三转一响”里的一“转”（其他两转是自行车、手表，一响是收音机）。江老师家不仅有缝纫机还有锁边机，心灵手巧的静秋有了这些“现代化武器”，不仅做得得好，而且做得也快。江老师的同事和朋友们，星期天上午到江老师家来，静秋为她们即刻度身定做，现量、现裁、现缝，几小时就把衣服做好也烫好了，当然，扣眼也锁好了，扣子也钉好了，江老师的同事们都可以穿上回家了，真正的立等可取。

静秋第一次去医院探望得了白血病的男朋友老三时，特意躲在厕所里换上了自己连夜赶做的新衣服，衣服的颜色是老三亲自挑选的山楂红。老三连声说：“穿上了？好漂亮，你好快的手啊，一下就做好了？你真应该去做裁缝……”

静秋生活的时代，正处“文化大革命”那个颜色单调、穿着千篇一律的年代，想必，静秋再聪慧，做出来的衣裳也只能是清一色的或灰或蓝，充满了拘谨、老旧的成衣款式。但朋友，正是在那个充满悲剧的年代，静秋穿的那件山楂红的衣服，才为山楂树下的那段纯美爱情增添了美的色彩，那样的一种凄美，方才感动了数亿读者和观众。静秋对衣裳的爱，她亲手裁剪的衣裳，一针一线地缝制，剪刀和针脚也许就是她抗争命运的武器吧。

穿而优则裁，裁而当则穿。

透视一段刻骨铭心的故事，能说静秋的裁剪里没有融入对生活、对老三的爱?

女孩子的成长到了静秋这里，再不仅仅只是一个简单的催人泪下的爱情故事，她用一双巧手缝制出来的一件件普通衣裳，是那个时代的心灵旗帜，此去经年，仍在迎风招展。

五

且听，且听……那首张德兰的《春光美》犹自萦怀：

我们的故事
说着那春天
在春天的好时光
留在我们心里
一遍一遍甜蜜回忆
春天带来真诚友谊
我们眼里的春天
有一种欢欣

歌声所到之处，万物从冗长的梦境中浮出，一切的一切，有一个共同的芳名叫春天。

云想衣裳花想容。朋友，想必你也知道，南国的春天总是来得特别早。

幽谷蕙兰

清点岁月，兜兜转转中，蕙兰，我们的相逢被释义为命定的必然。

——题记

五月暮春，我和她不期邂逅在南国，在一座叫凤凰山的深涧里。

晨风中的她，花苞凝露，莹莹点点。明明在酝酿着一场花事，骨子里却透着安静和内敛。狭长的叶片略显清瘦，但绝不柔弱。远远看去，她甚至更像一株草，但她是兰，趋近嗅之，如吸甘醇，她身上难以自弃的幽香泄露了她的隐士身份。我再次定睛确定，她分明就是一株兰，兰中的蕙兰。

相对于凤凰山此时节喧嚣热闹、生机勃发的其他植物，她的确更像植物中的另类。

勒杜鹃，漫山遍野，正穷尽毕生力气吐艳，即使在险崖峭壁上，犹有花枝俏。恰扬花灌浆的妙龄时节，便有着十八岁的趾高气扬；三春过后，百花稍敛，而有“百日红”美誉的紫薇，却如古代仕途上春风得意马蹄疾的士大夫般踌躇满志，正是“谁道花无红百日，紫薇长放半年花”；木棉树终于褪去了一身浓艳硕大的花朵，其正和南国永远湛蓝的天空媲美；橡树身上纠缠不休的藤蔓，恬不知耻地攀爬在橡树那伟岸的身躯上，一边故作浓情蜜意，绽放俗艳的花朵，一边却在偷偷啃噬老橡树的新鲜血液……

满眼尽是五彩缤纷，满耳尽是生命的拔节声，所有的植物似乎都铆足了劲，在大声疾呼：我要精彩地活着！我要不枉来人世这一遭！

甚至山谷中那条潺潺流动的小溪，都像在宣泄着无穷的渴望，日夜奔流不息的溪水，借助前些天的一场暴雨，居然轻轻灵灵地越过溪岸的岩石，在山间肆无忌惮地四处纵横……

然而，我的目光还是被蕙兰吸引。一株静默的幽兰，兰中的另类。她与她的那些供于文人雅士们书房、客厅的兄弟姐妹大相径庭。其实，追名逐利、花魁显贵，如同阳光雨露的垂爱，狂蜂浪蝶的青睐，她不是没想过，可是，要曲下高贵的膝，要绞尽脑汁去攀爬，要将每一条如剑的兰叶变成利爪，虚伪地奉承城市里越来越污浊的空气，要向狂蜂浪蝶媚笑，要向风霜剑雨缴械，要对强加在身上的种种不公委曲求全……而这些，和她与生俱来的随意闲散的天性是相违的，和她淡泊宁静的内心是那么的格格不入，实在是不情不愿。她索性将自己抛出万丈红尘，退居于这深山老林的一隅，因为这才是她真正的家园，于身，于心。

一株蕙兰，恪守着平平淡淡，一年一度，在幽谷中静静喷吐芳华，完成独属于她自己的花事。

蕙兰的叶子如利剑般出鞘之后，也像千千万万的草本植物一样酿梦。

时光无声地掠过长长的叶脉，蕙兰，你想倾诉什么？时光似水，凝重的色彩缀满青春的岁月，令人胆颤而又孤寂且深陷幽谷的日子，可曾抖落你一身的芬芳？谁能真正读懂一株幽兰生命的沉重？

芬芳依旧，而此时，你却被风、花、雪、月遗忘，独立幽谷，闲看云舒云卷。

幽兰的一生，沧桑几多？唯其一生诠释的几许真理，却完美地留给了尘世。

她是蕙兰，从外表到骨子，都是兰花中最为淡泊者，其不张扬的习性几乎到了极致，她与世无争而看淡一切尘世的虚荣。

她可以很入世，生可以在文人墨客的案头喷吐芳华，让文人雅士嗅着她的芬芳成就一篇篇锦绣华章。

她也可以很出世，她是画家诗人永远钟情的对象，即使香魂已逝，不死的魂魄随一幅幅画卷、一篇篇诗稿往来于前世今生，优雅散淡而隽永。

她本是草根，与“萧艾杂处”，与“众草为伍”，却以幽香不凡，被冠以“天下第一香”。她是不愿随波逐流贿赂画师毛延寿的王昭君，“意态由来画不成，当时枉死毛延寿。”她是为了执着于自己的爱情的杜十娘，当爱不再时，她不惜怒沉百宝箱而投身于滚滚清流。她是为了民族气节而血溅桃花扇的李香君，“气义照耀千古，羞杀须眉汉子”……

在物欲横流的当下，她便是我们身边那些籍籍无名却依然坚守着职责道义的人。在我的眼中，她是救死扶伤的“白衣天使”，她是“春蚕、蜡烛”般的教师，她是永远在烛光里微笑着的呕心沥血的母亲……她甚至只是一位每天迎着第一缕晨曦清扫路面的垃圾清理工……

这些坚韧、执着的蕙兰，在山间林下，不求闻达，却以其幽香默默感化着世界……她们懂得，浓墨重彩是一生，云淡风轻也是一生，奴颜婢膝是一辈子，坦坦荡荡也是一辈子，她们毫不犹豫地选择了后者，选择了物质上的清瘦，却获得了心灵上的丰盈。

今晨，站在柔韧的枝枝叶叶面前，讶异与景仰交织，默默感慨幽谷中的岁月，感慨岁月馈赠给蕙兰的是一脸的不惑。

女人的沧桑刻在心里

一脸沧桑的男人会让女人敬而亲之，但一脸沧桑的女人只会让男人厌而远之。男人通常是用眼睛恋爱，而女人则是在用心恋爱。所以女人的沧桑只可刻在心里，切不可刻在脸上。

要打动一个女人的心，一个聪明的男人一般只需用心去追求，而并不过分需要自己堂堂相貌，一表人才。即使没有999朵玫瑰，而适时适处的一盒巧克力，一箩筐并非腻人的甜言蜜语，外加一些恰到好处的小殷勤，就基本上可以俘获一颗芳心了。

而要让男人一见钟情，聪明的女人必须要先让男人对自己的容貌感兴趣，这样才会有吸引力让男人进一步走进你的内心。而你恰是秀外慧中，于是一段美丽的恋情便顺理成章。

我有一位做瑜伽教练的朋友，她的真实故事再次印证了这点。

她有一副纤细苗条的魔鬼身材，有一张清水出芙蓉般的清秀面容，每天笑语盈盈，看上去也就二十几岁，哪知，她含笑伸出四个手指头，告诉我们，她已是四十不惑的人了。我简直不敢相信，于是想当然地猜想，这样的女人必是泡在蜜罐里，生活处处顺心，容颜才如此光鲜滋润。

后来熟悉了，每次练完瑜伽，我就和她敞开心扉闲聊起来。原来，除了淡定从容的靓丽外表，她还有一颗饱经沧桑、历经磨难的心。她自幼丧母，现独自带着儿子，前不久她刚刚遭遇一场情感的背叛，那个口口声声说爱她一生一世的男人，眨眼间就迫不及待地爬上了另一个富婆的床。她眼睁睁地看着那个“有奶便是娘”的丑陋男人在另一个女人面前扮演白马王子——一身雪白的唐装。当年这个长相俊美的男人就是以这样的装扮出现在她眼前的，当然还有一张会忽悠女人的嘴。历史有惊人的相似，当然，这个男人也只有出卖自己仅有的几分色相，一直以来，见异思迁的他都是一事无成，一贫如洗。不过就像他自己常常大言不惭地声称那般：“当今社会要俘获几个离婚而又有钱的女人的心简直易如反掌。”这样一个无情无义、无才无德的男人，轻易选择了抛妻弃子、移情别恋、另觅新欢。刚开始，她也是痛不欲生，后来，坦然了，终于明白，这样的男人本不值得爱，更不值得恨了。

我静静地听着她的诉说，感觉她好像在说别人的故事。事过境迁，曾经的伤痛于她只是留下的经验。她淡淡一笑，继续用柔柔的声音说，其实，别人负她她不怕，最多痛哭几晚，做人最重要的是不要轻易辜负别人，这会一辈子受良心谴责的。女人更应善待自己，沧桑可以刻在心里，但千万别刻在脸上，她甚至要比以前活得更好更充实，读书、写作、听音乐、教瑜伽、游泳、做美容，她一样都不落下，于是出现在世人面前的她永远充满活力和朝气。她的心态永远保持在当下，她说三十多岁的女人最有魅力，她要永远活在三十岁。瑜伽的习练让她身心不老，而书香和音乐的浸润更让她气质非凡。

今天她含羞地告诉我，她遇上了她的真命天子。其实，她所说的“真命天子”我也认识，就是经常在一起健身的周总，一家跨国集团公司的副总裁，高大儒雅，比她还小两岁，却对她情有独钟，这也是让她犹豫的地方。

“姐，别犹豫啦！优秀的女人是不用担心没真爱的！上帝是公平的，为你关上一扇窗时，必为你开启一扇门！”我拥抱着这个一度含辛茹苦的美丽女人如是祝福。

是的，聪明的女人，再多苦难，再多沧桑，只可刻在心里，让灿烂的微笑在我们俊美的脸上永远绽放！在人生的路上，一边提升自己的自我价值，一边收获爱情，收获幸福，何乐而不为呢？

默然相依

生命就像一辆战车，由“心”与“物”两匹并驾齐驱的战马来拉曳，之间任何不和谐都将影响战车的前行。“物”固然可以帮你生存，但唯有“心”的智慧，方能引领你驾驭内在的自我。天南海北的挚友，因了“心”的智慧，默然相依。

——题记

一

村上春树的随笔集《兰格汉斯岛的午后》里有一个词“小确幸”，我一见倾心，它的意思即：“微小而确实的幸福。”这个词虽然充满个人化的体验，但那一刻猝然撞在我的心上，竟生出共鸣。

随着年龄的增长，我早不过生日了。似乎越来越害怕喧嚣，置身红尘，本已被俗世吵扰了半辈子。生日这天，权且淡出红尘，躲进自家的小楼，不知这是否也是对心灵的一种自我呵护？

但我还是收到了“固执”的石头妹妹从北京捎来的礼物，她知道我的最爱。在冲泡铁观音那一刻，我忍不住泪下，这个妹妹，自己还在路上披荆斩棘，却念念不忘给别人送来悠悠茶香。

英子姐在七月经历了一场“高铁”生死劫噩梦之后，忙里偷闲打来电话，第一句话仍然是“老爸的病好些了吗？”早在几月前，听说我爸糖尿病住院，古道热肠的英姐撂下电话就忙开了，咨询医师，联系云南的导游朋友……三天后，家里收到一包裹，是一大包云南丽江的野生紫灵芝。老爸问是谁寄来的？我说是广州的英姐，老爸说：“丫头，以后，我家多了个亲人。”

一份遥远而真切的相知相惜，在这个被是是非非所笼罩的世上，是不是更珍贵，也更浪漫些呢？如今，一份澄澈清亮的情感，已然很难寻到了。我们分明置身天南海北，但我们总能互相凝眸遥望，岁月，也便有了些许牵挂和温馨。

每一次与女友们无遮无拦地叙谈，恰如窗外那树正在吐蕊的桂花，一袭馨香，清浅而悠长。有时便想，一次次意外的“小确幸”迎我而来，是命运对我格外青睐？我们的幸福虽然与物质有关，但却远不是富足所能涵盖的。我这才发觉，生活中并不缺少“细微”的幸福，缺少的，往往是一颗善感的心。

“秋凉了，念你。”福建的晓月妹妹给我的信息一直珍藏在我的手机里，给我永远的暖，她说：“姐，我们默然相依。”是的，红袖姐妹就在我平凡的“小确幸”里。

二

“女人在一生中，至少有一次爱过一个王八蛋。”午夜，我静静地枯坐在案头，盯着这句饱含悲怆的话发怔。这句话是畅销书女作家丹尼尔·斯蒂尔说的，她的书曾高居畅销书榜首。

一位北国的女友正闹离婚，她在电话的那端哀哀陈述，她曾经温馨得让人羡慕的家已经灰飞烟灭！而那个始作俑者，促使她飞蛾扑火般痛下决心弃家抛子的“多情男人”，却已消失在茫茫人海，犹如人间蒸发一般，无影无踪了，留她孤零零一个人在婚姻的废墟上哀号。女人是感情的动物，渴望太多的爱，而男人是现实的高级动物，他们容易触景生情，也容易移情别恋，随着现实变更而飘忽不定，可划入丹尼尔·斯蒂尔可诅咒的男人实在不胜枚举。

女人有时候在男人眼里是不可理喻的，她听从的只是她自己的心，不知道现实世界多变，人心也会变。也没有多考虑爱情是一场如何漫长的考验，并非那时那刻的相爱就能代表一生一世。

我静静地倾听着女友琐碎而悲痛欲绝的陈述，犹如一个全神贯注的小学生。夜已深，哈欠也来了，我依然静静地倾听，我的眼前就如同在上演一幕茨威格的电影……

女友的遭遇让我联想起茨威格的名篇《一个女人一生中的 24 小时》，矜持、高贵、优雅的一个淑女，竟然会因为在赌场才结识了一天的陌生男子而毅然准备私奔……结局是残酷的，赌徒就是赌徒，片刻的宗教呼唤，唤醒和启迪只是刹那的回光返照，一旦重回赌场，六亲不认的赌性便又暴露无遗。

我忽然神往自己能摇身一变成为语言大师，口吐莲花，如神奇的止血贴，敷在女友滴血的伤口上……

但我显然无能为力，此时此刻，我说什么都是一种多余。情商指导师培训课上，资深心理师告诉我：要相信每个人都有自愈的能力，一切只是时间问题。如果，丹尼尔·斯蒂尔的预言不可避免，就让它停留在易犯错误的青年时代吧。青年时代一切也易恢复，创伤只会让青年人阅历更加丰富，心灵的磁场更加强大。

换个角度看，那个“多情男人”之原形毕露，还算是时候，如果，等她上了贼船才发现真相，岂不更加悲哀？

南国的我，静静地聆听北国的你。亲爱的，与你，在静夜里，默然相依。

三

这篇同题《默然相依》，很是延宕了一阵。不惟其他，只一心想择一个真正空闲的假日，去大街小巷，去商场超市，寻觅一份适合的礼物——给远方的英子、晓月、石头，也给我自己。

唯其慎重，才更忐忑。元旦来了，不长不短的三天假期，不宜远游，恰契合心中的约定。

逛街那天，我身上穿着英姐捎来的长裙，脖子上戴着月妹邮来的蓝水晶项链，晚上呢，则搂抱着小石头亲手绣的抱枕而眠。老公说，我做的梦都是甜的，像极了抱枕上绣的那只咧嘴的粉红小猪。

我相信，我们各自有着对友人心灵的感应。四件白底缀着蓝花的真丝睡衣，给英，给月，给石，也给我自己。贴身贴心的睡衣，最适合表达我们的心心相印。

岁月的河流里，漂浮着只属于我们默然相依的小舟。

遇见·心动·清欢

一

记不清从什么时候开始喜欢拍照，当然不是拍自己，自己给别人拍，我拍别人和风景。冥冥中，试图想用这些可见的照片来留住看不见的日子吧。

春节里，绽放的炮仗花让我的相机惊艳。哪怕就在最熟悉的路上，春天也会在不经意间与你撞个满怀。成片的炮仗花惊心动魄地一起炸开，在小区矮墙上密密垂下，默默上演一出金黄色的贺岁片。耳畔好似“啪啪啪”地一路炸下去，像极了它的名字，那成群结队的热烈奔放，给寻常日子涂抹上最炫目的色彩，并唤醒了蛰伏的生命。

照片上所呈现的阳光，让我惊异地回想起，在过去的许多日子里，那些明媚的阳光点亮过我的眼，欢悦过我的心。那种温热的感觉，连身上的皮肤都能回忆起来。然而，那些分明已经来过的日子，如今又飞到哪里去了？

一直弄不懂日子是怎么回事。

过去的日子明明来过，千真万确。只是现在的日子都已经面目全非。台历上今天的日子更强烈地喻示着昨天的日子永远无法回来。过去的日子去了哪里？而未来的日子又从哪里来？到哪里去？

与朋友调侃，关于日子的问题，分明是个哲学命题。

背包走天涯，是年少时的梦想。青春的心已经在渴望聆听大自然的声音。大自然的沉着、宁静、博大和宽厚，会给在城市长大的孩子终身的教益和归宿感。

我至今对中国的小县城没有好感，也许是我从小生活其中，深谙其味。小县城没有都市的大气，缺失乡村的淳朴和宁静。小县城的不规则拥挤、世俗化喧嚣，常常使我感到压迫和窒息，并困于一种被入侵状态。这样的环境，会让被迫生活于其中的人变得精怪，变得市侩，变得浮躁不安，变得疑神疑鬼，于是慢慢失去朴实和灵性。

城市的日子千篇一律，所以，逃离居住地，像三毛一样，为了梦中的橄榄树，在一程又一程的山水间游走，渴望去看世界，渴望来到陌生的环境里，体味别样的日子。

或许流浪漂泊的日子，只是青春年少时的浪漫情怀所致。和平年代的浪漫有许多种，但我想，如果只有轻歌曼舞，只有花前月下，只有爱得缠缠绵绵，爱得天昏地暗，那一定是曲解了浪漫的真正含义。

于我，那些已经过去的四处游走的日子，是一生最浪漫的日子。泛黄的照片，忠实地留住了过去长长的日子和我身后的一串串脚印。

每个生命的阶段都有它自己的独特光芒。当度过了这个阶段，岁月就将一切日子带走，得到了就永远得到，而失去了，一定是永远失去，日子是不会回头的。但寻常日子里的温润却可以照亮一生，甚至还可以绵泽未来。

二

你看，你看，我窗前的罐头花……

你种过罐头花吗?

要不是苗夫女主人温柔姐的花种子，千里迢迢从苗夫的花园里飞到我家的阳台上，我连罐头花的名字也没有听说过。

快递到的那天，我像极了富翁，同时又像个好奇的孩童，急切地等待那一刻的谜底揭开。温柔姐寄了六罐，我小心翼翼捧着这些有着苗夫花园独特气息的罐头花，惊喜莫名。

这六罐罐头花最终各归其主。女儿挑了一罐小西红柿。两罐小西瓜，被院子里两个可爱的孩子一眼相中。一个毕了业的学生来我家报喜，原来曾经顽劣不堪的他，竟然期末考了年级第一，在 1400 多名同学中脱颖而出，算是奇迹。他盯住花架上那罐紫罗兰，眼睛里满是艳羡，遂奖励了他。剩下两罐再也不舍，我要亲自种。没承想另外一罐，被同事的一个爱花的女儿念念不忘，于是那罐花终究还是离我而去。唯有向日葵花这一罐，最终与我结缘。

我照着说明书，挑了一个阳光灿烂的日子，开始了我的罐头花试种。不几日发芽了……

随性哼唱起一首老歌《恰似你的温柔》，也一并想起了远方的那个温暖的女人。春天真的来了，阳光下，看着我的罐头花点点抽芽，享受着向日葵茁壮成长的姿态。从那，我也便期盼我的盛夏，期盼在我百感交集的心上，也开出一朵向日葵花。

三

一直喜欢淡淡的日子，哪怕是用淡笔浅色勾勒出的方寸小画，也是那么容易让人满足自得。在眼中跳跃的那点点粉蓝、鹅黄、嫩绿，也能把淡淡的情谊扩散开来，让眼里满是欣喜。细微的生命元素，一样会让人觉出绵长而富足的人生情怀。

2013年的年就这样过去了，年味似乎越来越清淡，而似水流年里，来自友人的情谊却越来越绵长。

厨房的微波炉里旋转着用信封装着的新鲜白果。白果是家在江苏的朋友捎来的。朋友老家的院子里有一棵高大的银杏树，每年树上都要结出许多的白果。我是第一次见到这样的带壳的大颗的白果。广东早茶里，我经常点“瑶柱白果粥”，白果倒也算不上什么稀罕物，但早茶里的白果已经是面目全非的半成品。

对着满满一筐的新鲜白果，我几乎束手无策。朋友发信息告诉我食用方法。可以直接生吃。用牙嗑开一个缝，沿着缝轻轻掰开，便露出白果鲜嫩的呈椭圆形的肉，再放入口中细嚼慢咽，浆汁即溢满口腔，带着天然的果香。朋友还不忘强调，好吃也不能多吃，白果有微毒。

还有更绝的吃法，那便是用一个信封装10颗左右，最好先嗑开一个小口子，再放进微波炉中，用中火烘烤两分钟即可享用了。打开信封的刹那，香气袭来，由不得你不死劲用鼻子嗅嗅，那天然植物的芳香，居然让我们忘记了这是食材。瞬间，味蕾迫不及待提醒我们，投入嘴里的白果，让舌尖上充满了白果的脆香，我和女儿比赛吃着这天然的零食，仿佛我也回到了童年。

随白果一起捎来的还有朋友主编的一摞高中校报，朋友的报纸正是面向和我女儿一般年龄的人，于是我的女儿，也有幸读到千里之外的一份校园报纸，校报上，是朋友精心为女儿圈点出的莘莘学子考上北大、清华的真实励志故事……

闲适悠然的日子里，一边细细咀嚼白果，一边阅读校报，那一刻，悠悠白果香，融合着淡淡的报墨香，是那样的让人恬然而闲适，同样值得我久久回味。事实上，那一刻我们内在的心神，已经驻于安宁和喜悦中。

穿越时空，历久弥坚的是千年活化石银杏树的香气。惜缘而执着，才有香的持久。

悠悠白果情，的确，最好的收藏，便是用心捧起的那一刻。

这个春日，任淡淡清欢，于唇角，开出数朵微笑。

静静地，说给你听

试想，人生须臾，来来往往的人潮中，多少人对面不相逢，究其因：无缘也。既有缘相识相知，何妨静静地，说给你听……

——题记

一

忆儿，你说要和我一起写同题散文，题目就叫《静静地，说给你听》，我欣然应允。今夜里，你可否还能再次感知心的呼唤？就像过去的多少个静谧而美好的夜晚，只属于两个人的相知，那就是，你和我。

忆儿，这个昵称，是我为你起的，独属于你，也只属于我，只有我这样叫你。忆儿，我们是那种可以彻夜长谈的骨灰级闺蜜。

半部宋词，似乎都在为“忆”而填词，一个“忆”字信手拈来。“忆秦娥”“忆江南”“忆王孙”“忆故人”“忆君王”之类的词牌名，比比皆是。还有一些诸如“忆昔午桥桥上饮”之类的或忆或惜的文字，在故纸堆里也不乏见。即使更多的宋词里不落“忆”字，但昔日情、旧日景早已溢于词外。在词人们浓浓淡淡的追忆里，我深深地体味着“忆”的凄美和曾经的刻骨铭心。于是，“忆儿”，我那么自然地就这样一次次轻唤着你。

而今，为了追逐爱情而毅然北上的你，已是没有音讯多日。

不知是不是因为你的缘故，今夜，这个日子我一直觉得很独特，但却无法探知缘由。

记得初相识时，我几乎是彻夜聆听你。

聆听你的一路坎坷。成龙、周华健合唱的《真心英雄》里有一句歌词“不经历风雨怎么见彩虹”，就是对你的人生的最好写照。忆儿，其实你一直是理智的。在按部就班、井井有条的工作中，理性而为，睿智而应。但忆儿，当你遇上你心中的他时，你完全变了。

那天，你在我的陋室里烂醉如泥，嘴里一直呼唤着那个让你心悸的名字。

其实，一点都不奇怪。忆儿的世界似乎什么都有了，但却一直还在爱情的汪洋中苦苦寻觅“一个人”。你的心没有归属感，你的心犹如在浩渺的江面上漂泊、流浪。而没有爱情滋润的人生就像没有生命的塑料花，再美，都会寡味，都会比“烟花”还寂寞。

爱有时候会让人变得矜贵，有时候，爱也会让人变得卑微。曾经那么骄傲的你，竟然在一个其貌不扬的男子那里低到了尘埃。

有时候，我就在想，爱情就像天上骤然飘落的雪花那样，无法提前预料和安排。一切都是天意，该来时谁能挡得住？爱情一旦来了，谁又能躲过丘比特的神箭？而这一箭不偏不倚，正射中忆儿多情的心。

忆儿，我知道，你一心只想对一个人好，宠爱他，关爱他，呵护他，一门心思希望他幸福快乐。我眼睁睁看你偏离了爱的理性，变得痴狂，甚至觉得忆儿走在路上的脚步，都已经变得不再那么英姿飒爽。在沉睡的爱情中获得催眠，也在偏执的爱中接近沉睡。这便是“忆儿”。

我深晓你敢爱敢恨的性格，宁可做一个有爱有痛的女人，也不做无爱而沉沦的行尸走肉。爱情难免会有伤害，爱情所带来的痛苦也是爱情的一部分。在这快餐时代，有人说，与其浪费时间谈一场不知道结果的恋爱，倒不如找个身边的将就。抬眼四望，耐不住寂寞的女人比比皆是，如真这样，忆儿就不是我所理解的忆儿了。

迫不及待地奔向世俗的便利，总有一天会发现，再精明的计算都难以估量爱情的损失。总也不想吃亏和付出的人，只会收获到爱情的荒凉。我知道，忆儿总是在这样想，甚至尊为天条。

是的，忆儿，爱情对每个人都是非常必要的。像空气般，值得每个重情重义的人去争取，去努力，并且无悔。通过爱情，一个人会更懂得生命。没有真正爱过的人，其关于爱情的价值观会居高临下，而真正爱过的人才会深晓“与其在悬崖上展览千年，不如在爱人的怀抱里痛哭一晚”的境界。

忆儿，你的痴心不改，我一次次动容，你的心声甚至影响和更正了我的爱情价值观。

30岁，我开始怀疑爱情。直至现在成为一个彻底的不谈爱情主义者。可我这个爱情的铁杆否定派，在忆儿痴绝的爱情故事里，慢慢进入了一种处静而知微的状态，眼睁睁看着爱情这美丽的事物，从俗世的一团混沌中脱颖而出。

是的，忆儿，互为唯一，就是爱。爱情就是爱情，爱情并不复杂，她甚至纯粹到仅仅只是爱情本身而不是任何其他事物，比如距离，比如金钱，比如权势，等等。

二

此时的我，置身板樟山山巅，且把红尘万丈暂抛。

忆儿，真的，在这纷纷攘攘的俗世，能静下心来想想，说说，真是一种奢侈的行为……有时候在忙忙碌碌中确实忽视了自己内心真实的声音：自己最渴望什么样的生活？

骤然发觉山间飘起了雨丝，原来不知不觉间自己已置身于“细雨湿衣看不见，闲花落地听无声”的境地了……

那么今儿就奢侈一回，在山间闲看花开花落，听鸟鸣泉流，品斜风细雨……同时，敞开心扉，静静地，静静地说给你听……

思绪却是这样的漫无边际，最先涌上脑际的竟然是“人生”，这可是个大话题！芸芸众生，常常在人生的上半场追求成功，在人生的下半场追求意义。于是，当我们经历了人生上半场的风云，用十年寒窗苦读换得了三十而立的那一刻时，才深深懂得在人生的下半场需要怎样的宁静：四十不惑，五十而知天命……

现在想来，爱又是什么呢？是甜言蜜语？抑或风花雪月？似乎从来都不是！其实，真爱只有一种表达：那就是付出！就是心甘情愿而不带丝毫功利且无怨无悔地付出。真爱就是我能为别人做点什么！在还能够去爱一个人的时候，去为心爱的人做点什么呢？可以是一杯香茗，一餐热饭，一个拥抱，一把雨中的伞，甚至可以是一次漫长的等候，也可以是一次静悄悄地离开……

那么金钱与幸福必然正相关吗？不敢说它们风牛马不相及，至少它们不是一回事。比如，一个有尊严的穷人，可以少用一些心力去照看钱袋，多用一些心情分享友谊、爱情和亲情，可以尽情地去享受清风、明月和太阳……谁说那又不是幸福呢？

对于一个内心高贵而非富有的人，夜空中的星星也可以成为熠熠闪光的钻石。当然，它无法戴在手指上、脖子上用来炫耀，但能永远引领你向更高处、更深邃处、更渺远处眺望……

什么时候，天上的微雨已经收了，树上的叶子愈加青翠了，山间的野花越发娇艳了，久未晤面的太阳也出来了，心儿也顿觉爽朗了。忆儿，在山之巅，我默默地在心里和你絮叨，不知你听烦了吗？该下山回家了……

细节犹在，轻触微温。两个人的千年美丽，就像一盏渔火，哪怕仅仅温暖和照亮的只是两个人的心灵。唯默默地祝福你，还有你深爱的他，祝福你们的爱情，终于在尘世里起飞。

“飘飘何所似，天地一沙鸥。”忆儿，就借这只翩飞的沙鸥，捎一封私房书简，静静地，说给你听……

半个月亮爬上来

她和他，本同在北方一小城执教。

二十世纪九十年代初，随着“孔雀东南飞”的南下潮，双双闯到了南方这座美丽的海滨城市，后来有了房子，虽然才一室一厅，但拥有了这个城市最美丽的地段：情侣路。最让他们当初一见钟情的是客厅的飘窗外即是大海，而远处的那条长长的浪漫幽雅的路，就像一条乳白色的飘带，飘在青山碧海的边缘。最让他们欣喜的，是在自己的家里就可以看到“海上生明月”。

每个月圆之夜，他们都会十指相扣，踏着淡淡的月色，沿着海滨长长的情侣路，慢慢徜徉着。任由清爽而潮湿的海风吹拂过脸颊。远处细碎的虫鸣声似乎隐隐传来，仿佛一切都在爱情的润泽里，充满了新奇和喜悦……

她其实本不是一个细腻的人，生活中大大咧咧。记得刚来时，朋友请他们夫妻俩吃了一餐纯正的广东菜，嗜辣的他对淡而无味的广东菜嗤之以鼻，唯独对广东的汤赞不绝口。她记住了，几年下来，其他的广东菜她一概不会，倒是学会了煲一手靓汤。

她对那些药材属性的了解总让他惊讶。什么党参、北芪、枸杞子、熟地、小甘蔗、莲子、银耳等，她如数家珍；如何搭配，也娴熟于心。而她对汤味调拌之恰到好处，更让他赞不绝口。加多少盐，放多少糖，加几片姜或添几片陈皮，总是能恰到好处，令汤的味道绝佳，当然她绝对不会用味精、鸡精什么的人工调味料，她煲的汤是最原汁原味的。其实，她煲的汤也只是家常汤，但，他喜欢。

记得她第一次学会煲的是苦瓜黄豆排骨汤，其味道苦中带甘，有清暑祛热、明目解毒的功效。正是炎炎夏日，他连续多日在外劳累奔波，她眼见他上火虚热，就拜一个略懂中医的广东大姐为师。大姐倒是不吝赐教，娓娓道来：苦瓜性寒味苦；黄豆性平味甘，宽中健脾；猪排骨性平，味甘、咸，滋阴润燥；生姜性温味辛，驱寒祛腥，合而为汤，更具消暑祛热、益气止渴之功。黄豆洗净稍浸泡，猪排骨洗净斩为段状，苦瓜洗净、去核瓤，切片状与生姜一起放进瓦煲内，加入约六碗清水，先用武火煲沸，再改为文火煲，加入适量盐即可，如此简单的汤煲出来居然是奇香无比，他竟不住如孩子般拍手叫好，两个人一煲汤喝得欢畅淋漓，他的嗓子奇迹般不痛也不哑了……

以后她的靓汤更是层出不穷：霸王花煲猪骨汤、虫草煲土鸡汤、丝瓜及第汤、土鸡板栗汤、红萝卜粟米汤、花生大枣猪蹄汤、冬菇鸡脚汤、西洋菜蜜枣生鱼汤、鸡骨草煲老鸭汤、乌鸡红枣汤……数不胜数了。

生活忙忙碌碌，想日日煲汤已不切实际，但她总喜欢忙里偷闲，在这个小天地里精心烹制出一份味觉礼物，专给他。当然，自己也从烹饪中获得一份快乐。她只想永远永远，天天为所爱的人煲靓汤，让他，也让自己，幸福而陶醉，因为那是用爱熬出来的汤汁。还有什么比亲手为自己的爱人煲汤更惬意的事吗？

白天他们都要为生计奔波，唯独下午下班了，她才能匆匆奔赴到菜市场，购得煲汤的原材料，马不停蹄地回到家里即开始配料煲汤。绝对的乐此不疲！

广东的汤，全然不像北方的滚汤、打汤、清汤等，其实煲汤在烹制上并不很烦琐，甚至说煲汤很容易，只要原料调配合理，慢慢在火上煲着即可。广东的汤，贵在一个“煲”字上，一般武火烧开后，还需要文火再煲两三小时才出味，所以等到能喝汤时，早已夜幕降临，常常月亮也会偷偷地露出半个脸，抬头的不经意间，就望见那轮明月，已然跃出海面，不染纤尘……

那一刻，他和她，就靠在临海的飘窗里就着月色美美地喝汤……

此时的他已是一家报社的记者，免不了天南海北到处飞，可不论飞到哪里，一到吃晚饭时，他便情不自禁地想起了她煲的汤。有次，他走在异乡的大街上，突然闻到一间房子里飘出来一股鸡汤的味道，那馥郁的肉香，像一根金色的魔杖，点醒了他所有味觉、嗅觉的记忆，他立刻想起了她煲的鸡汤，那种用农家鸡煲出的具原始的浓郁鸡味的瓦罐鸡汤，令他垂涎三尺，那会儿，他那么强烈地想回家，想亲爱的她！可他不能回家，不能喝到她亲手煲的鸡汤，以至于堂堂七尺男儿竟然泪湿，那个两眼潮湿的大男人站在异乡的街头，是那样的念家！汤，在他的心中，就是家，就是浓浓的爱！

今天，是中秋节，也是他决定归家的日子。他去西藏采风整整两年了。

今夜注定无眠！今夜，将是这一年里月光最明媚的时候，她望向窗外，潮水一进一退，乌云一重一重，虽是中秋佳节，月亮却还隐在云中没有露脸儿。她在等着圆圆的月儿出来，也在等着他归家。

即使千里之遥，她也似乎听到了他归家时那急切的脚步，她对着还没有月亮的夜空承诺：“是的，我的爱人，我正为你煲着你爱喝的汤，只等着你流浪的脚步驻足门边，只等着你按响我们的门铃，只等着半个月亮爬上来……”

她守在汤边，耐心等待月亮的出现。她知道，会出来的，会出来的，只要有耐心，就像煲汤一样。

她用心在听着，听那大海的欢呼声，听海风声，听海边的各种虫鸣的声音，听浪涛拍打海岸的声音……偶尔有一艘航船驶过海面，汽笛发出的归港声音，划破了夜空里的沉静。而月亮藏在乌云背后，始终不肯出来，不过这时候，她留意到，在那些云层的边缘，已经悄无声息涂抹上了银边。

浓浓的汤，渐渐香味四溢，她倚靠在窗边，静静地等着他的归来。她凝思的目光依然执着地停留在海面上。

海面上骤然亮了起来，海水开始发出银色的微光。她面朝大海，看到那光线越来越强，越来越亮，可以看见海里黑乎乎的礁石了，忽然，一束皎洁的光从夜的黑幕里透出来，照在海面上，然后，海面全部亮了起来，她可以看见海浪的起伏，甚至每一个波纹都那么的清晰……

就在这时，急促的门铃响了，她热切地朝大门奔去……

窗外，半个月亮已爬了上来，情侣路的夜空，已是海天一色……